라스트 사피엔스

라스트 사피엔스

해도연 장편소설

차례

캡슐	7
두 번째 캡슐	20
성운	35
유적	53
동물	62
켄티펀트	72
싸움	83
켄티	91
둘	101
비	104
밤	113
실종	117
초원	135
배드 피플	145
인간	163
방주	183
하늘	200
퀴마 넘 블로	206
작가의 말	212

일러두기

호모 (ho·mo)
[명사]【분류학】사람속(屬).【라틴어】사람, 인간을 뜻하는 말.

사피엔스 (sa·pi·ens)
[형용사]【라틴어】현명한, 지적인, 지혜로운.
[명사] 지적인 존재, 사람, 또는 현생 인류(Homo sapiens)를 일컫는 말.

캡슐

　새하얗고 기다란 원통형 캡슐은 해변에서 조금 떨어진 곳의 탁 트인 풀밭에 처박혀 있었다. 바다에서 불어오는 소금 바람 때문에 풀은 그리 높이 자라지 못했지만, 캡슐을 바람막이 삼아 자란 것은 제법 굵은 줄기를 뻗어 캡슐을 타고 올라왔다. 캡슐 표면은 오염 방지 코팅 때문에 오르기 쉽지 않았지만 풀은 시간이 만들어낸 작은 흠집을 찾아가며 암벽을 타듯 캡슐을 덮으며 자라났다. 마치 캡슐이 흉한 상처라도 되는 것처럼, 풀은 느리지만 확실하게 캡슐을 집어삼키며 녹색 핏줄을 뻗어나갔다. 높이 자란 풀은 저 아래 있는 풀을 가끔 내려다보며 자부심을 느끼는 듯했다.

몇 번의 계절을 거치며 풀이 캡슐을 절반 정도 덮었을 때, 캡슐이 저항하기 시작했다. 표면에 완벽한 직선의 틈이 생기더니 그곳에서 풀이 지금껏 겪은 적 없는 차가운 바람이 뿜어져 나왔다. 틈 바로 옆에 있던 풀은 순식간에 얼어붙었다가 부서지며 떨어져 나갔다. 직사각형 모양의 틈이 그려낸 표면은 천천히 위로 솟아올랐다. 새하얀 냉기가 넓게 벌어진 틈 사이에서 봄날의 구름처럼 게으르게 흘러나왔다. 냉기에 닿은 풀은 그동안의 노력이 무상할 만큼 힘없이 부서지며 저 아래의 풀 사이로 떨어졌다. 냉기가 더 이상 흘러나오지 않게 되었을 때는 캡슐을 타고 오르던 풀이 모두 떨어져 나가고 없었다.

캡슐이 이상한 소리를 냈다. 틈이 만들어낸 직사각형 뚜껑이 미닫이문처럼 옆으로 밀리며 움직이려고 했지만, 무언가 잘못됐는지 잘 움직이지 않았다. 캡슐은 그렇게 한참 소리를 내다 갑자기 조용해졌다. 그러고는 얼마 지나지 않아 내부에서 무언가가 폭발하더니 뚜껑이 저 멀리 날아가버렸다. 그 충격에 캡슐 주변에 있던 풀도 줄기가 꺾이며 쓰러졌다. 캡슐 안에는 자그만 캡슐이 하나 더 있었다. 작은 캡슐 위에는 투명한 유리로 된 부분이 있었는데, 여전히 차가운지 표면이 새하얗게 얼어붙은 습기로 덮여 있었다. 이제 막 캡슐을 감싸기 시작한 햇살이 얼어붙은 유리를 천천히 닦아냈다. 그러자 유리 너머에 있는 작은 캡슐의 내부가 서서히 모습을 드러냈다. 그 속에서 한 사람이 잠에서 깼다.

*

   그는 한참 동안 눈을 뜨지 않았다. 눈꺼풀이 무겁기도 했지만 이렇게 깊이 잠든 게 너무 오랜만이라는 생각에 이 순간을 좀 더 즐기고 싶다고 생각했다. 하지만 지금 누워 있는 곳이 굉장히 불편하다는 걸 깨닫고는 결국 눈을 뜨기로 마음먹었다. 그가 눈을 뜨자 작은 캡슐 뚜껑이 위로 열렸고, 따뜻하고 풀 내음 가득한 공기가 그를 감쌌다. 쉴 새 없이 불빛을 깜박이는 복잡한 기계장치로 가득한 캡슐 속에서, 그는 천천히 몸을 일으켰다. 그러자 무언가가 그의 눈앞을 가렸다. 머리카락이었다. 머리카락은 그의 상반신을 완전히 뒤덮을 만큼 길었다. 그리고 몇 년 동안 아무런 손질도 하지 않은 것처럼 거칠었다. 마침 굵고 탄력 있는 흰색 고무줄 세 개가 마치 준비된 것처럼 손목에 걸려 있는 걸 발견한 그는 익숙한 손놀림으로 머리카락을 뒤로 매듭지어 묶었다. 머리카락이 제법 무거웠지만 견딜 만했다.

   그는 좁고 기울어진 침대처럼 생긴 작은 캡슐에서 내려와 캡슐 너머 바깥을 내려다봤다. 3미터 정도 아래에 짧은 잡초로 무성한 풀밭이 보였다. 그때 캡슐 전체가 잠깐 진동하더니 금속섬유와 철봉으로 이루어진 사다리가 빠져나와 풀밭에 닿았다. 그는 잠시 물끄러미 바라보다가 사다리를 타고 천천히 내려와 풀밭 위에 섰다. 그가 조용히 주변을 둘러보는데 멀리서 파도 소리가 들렸다. 비린내가 섞인 소금 냄새도 났다. 그는 들판을 가로질러 해변까지 걸어갔다.

절벽 아래에서 파도가 잔잔하게 부서졌다. 멀리 보이는 수평선까지 이어진 바다는 햇빛을 받아 마치 별을 뿌려둔 것처럼 아름답게 반짝였다. 그가 고개를 들었다. 반가운 태양이 빛을 쏟아내고 있었다. 문득 조금 전까지 굉장히 추웠던 것이 떠오르자 그는 내리쬐는 햇살을 한껏 끌어안고 싶어졌다. 그는 잠시 주변을 둘러보고는 발걸음을 돌려 캡슐이 있는 곳으로 돌아왔다. 내륙 쪽을 바라보니 멀리 떨어진 곳에 얕은 숲이 보이고, 지평선 근처에는 더 멀리 떨어진 산 몇 개가 흐릿하게 보였다. 그중 몇 개는 블록을 세워둔 것처럼 기묘하게 생겨 무엇인지 모를 공간 같았다. 그 어디에도 사람은 보이지 않았다.

"여기 누구 없나요?"

그는 크게 소리를 질러봤지만 메아리조차 들리지 않았다. 그제야 그는 자기가 아무것도 기억하지 못하고 있다는 걸 깨달았다. 이곳이 어디인지, 왜 여기 있는지는커녕 자신의 이름조차 기억이 나지 않았다. 그는 눈을 감고 잠들기 전의 일을 떠올렸다. 아무것도 떠오르지 않았다. 어떤 꿈을 꿨는지도 기억나지 않았다. 하지만 왠지 이렇게 될 걸 알았다는 느낌이 들었다. 그렇지 않았다면 눈을 뜨자마자 소리를 지르거나 무서워하지 않았을까? 하지만 조금 전까지 굉장히 침착하게 평정심을 유지했고, 지금도 그리 당황스럽지는 않았다. 그는 자신이 자연스럽게 눈을 뜨고 캡슐에서 내려와 주변을 살폈다는 걸 곱씹었다. 그는 지금 상황에 대해 무언가를 알고 있는 게 분명하지만, 지금은 몰랐다.

그는 캡슐을 둘러봤다. 원통형 캡슐의 바깥 지름은 2.5미터 정도였는데, 길이는 땅 위로 드러난 부분만 봐도 10미터는 되어 보였다. 땅속에 박혀 있는 부분까지 합치면 적어도 15미터는 될 것 같았다. 그는 자신이 잠들어 있던 곳이 지면과 가까운 곳이어서 그나마 다행이라고 생각하며 가슴을 쓸어내렸다. 캡슐은 오래된 것처럼 보였지만 녹슨 곳은 전혀 없었다. 부식은커녕 작은 틈새 하나도 보이지 않았다. 그림자가 없다면 그 윤곽조차 짐작하기 어려울 만큼 표면이 매끄러웠다. 그런 표면 위로 유일하게 존재감을 드러내는 건 측면에 적힌 커다란 글자였다.

'G811-19.'

그 옆에는 캡슐을 축소한 것 같은 막대를 입에 문 새 그림이 그려져 있었다. 그는 그림 위로 손가락을 스치며 생각했다.

'이런 캡슐이 팔백 개 넘게 있다는 뜻일까? 아니면 스무 개 정도? 다른 캡슐은 어디에 있는 걸까? 수백 명 아니면 수십 명이 함께 있었는데 혼자 떨어진 걸까?'

이런저런 생각을 해봤지만 답은 나오지 않았다. 그는 다시 캡슐 위로 올라 내부를 살펴봤다. 목적을 알 수 없는 크고 작은 기계장치 표면에 자그만 글씨를 읽어봤지만 대부분 무슨 말인지 이해할 수 없었다. 의미를 알 수 없는 숫자와 대문자의 나열, 그리고 전문용어로 보이는 단어가 난무했다. 그나마 알아볼 수 있는 건 냉동과 냉각이라는 단어가 자주 보인다는 것 정도였다. 캡슐 모양이나 그곳에서 잠자고 있었다는 걸 생각해보면 아무래도 자신이 냉동 수면을 한 것 같다고 그는 짐작했다.

'그런 게 가능했던가.'

그는 잠시 의구심이 들었지만 그저 기억하지 못하고 있을 뿐일지도 몰랐다. 애초에 지금 눈앞에 있는 이 캡슐 형태의 기계장치도 그의 기억에 없으니까. 그러다가 조금 전까지 그가 누워 있던 곳 바로 옆에 있는 작은 화면에 단어 두 개가 깜빡이고 있는 걸 발견했다. 화면이 깨지고 일그러져 제대로 읽기는 어려웠지만 아무래도 이름처럼 보였다. 그는 나름대로 추론해가며 단어를 천천히 읽었다.

"ER……I……? CR? 아니, CA……. ERICA. 그다음은……. JE가 아니고 JA인가. 그리고 CK……. ON. 에리카……. 재, 잭온. 잭슨? 에리카 잭슨."

낯선 이름. 하지만 그에겐 지금 이름이 필요했다. 왠지 자신의 이름 같기도 했다. 마치 병실 침대 끝에 붙어 있는 이름표처럼, 냉동 수면 장치에 표시된 사용자의 이름이라는 생각이 들었다. 그는 자신이 에리카 잭슨이라고 생각하기로 했다. 그는 이제 에리카 잭슨이었다. 에리카는 조금 전까지 자신이 잠들어 있던 자그만 캡슐 속에 들어가 다시 누웠다. 하늘이 보였다. 구름 한 점 없는 맑고 깨끗한 하늘이었다. 애초에 보일 리가 없지만, 먼지 한 톨 보이지 않는 것처럼 느껴졌다.

'이렇게 청명한 하늘을 본 적이 있던가. 이 투명한 하늘을 두고 다들 어디로 갔으며 나는 왜 여기서 뭘 하고 있는 걸까?'

에리카는 눈이 시렸다. 눈을 비비려고 팔을 들어 올렸을 때, 자신이 굉장히 정교하고 기능적으로 만들어진 옷을 입고 있다는 걸 깨달았다. 냉동 수면을 위한 슈트처럼 보였지만 그렇다기엔 작업복처럼 여기저기에 크고 작은 주머니가 많고 용도를 알 수 없는 고리도 있었다. 주머니 속에 아무것도 없다는 걸 확인한 뒤 캡슐 내부를 더 자세히 살펴봤다. 수면 슈트에 굳이 빈 주머니를 여럿 달아놓았다는 건 여기에 넣을 물건이 어딘가에 있다는 뜻이라고 짐작했다. 그리고 그는 곧 발밑에서 커다란 배낭 하나를 발견했다.

배낭 속 물건들을 캡슐 위에 하나씩 꺼내며 확인했다. 가장 먼저 나온 건 손바닥보다 조금 더 큰 태블릿컴퓨터였다. 하지만 작동하지는 않았다. 아무래도 배터리가 남아 있지 않은 모양이었다. 그 밑에는 서로 다른 길이의 칼과 가위, 방수천, 의료품, 손전등과 라이터, 약간의 물과 식품처럼 당장 도움 될 만한 물건들이 차곡차곡 채워져 있었다. 이런 물건들이 준비되어 있다는 건 아무래도 지금 처한 상황이 그리 녹록하지 않으며, 캡슐에 들어갈 때부터 이런 상황을 예상하고 있었다는 것을 알려주는 듯했다. 그저 에리카 자신이 그걸 기억을 하고 있지 못할 뿐이었다.

'어떤 상황일까? 혹시 우주선을 타고 다른 행성으로 가다가 사고가 난 건 아닐까? 그래서 구명 캡슐 같은 걸 타고 탈출해 여기에 도착한 걸까?'

에리카는 주변을 다시 한번 둘러봤다. 분명 지구였다. 아는 곳은 아니지만 틀림없는 지구였다. 수평선의 오묘한 곡선, 낯설지만 새롭지는 않은 풀과 나무, 너무 깨끗해서 어색하지만 위화감이 전혀 없는 하늘과 공기, 피부에서 느껴지는 햇빛의 온도까지. 모든 감각이 이곳은 지구라고 알려주고 있었다. 그리고 무엇보다, 에리카는 컴컴한 기억 속에서도 인류가 태양계를 벗어날 만큼 발전하지는 않았다는 것 정도는 알고 있었다. 이곳은 여전히 지구다. 멀리 산이 보이는 걸 보면 작은 무인도일 가능성은 높지 않다. 그렇다면 어딘가에 분명 사람이 있을 것이다. 적어도 사람의 흔적은 있을 것이다. 지금 할 수 있는 일은 다른 누군가를 찾아가는 것밖에 없었다. 에리카는 물건들을 다시 배낭 속에 챙겨 넣었다. 곧 허기가 질 것 같아 물과 식품 상자를 마지막에 넣으려고 할 때, 특이하게 생긴 식품 상자 하나가 눈에 띄었다. 다른 식품은 모두 똑같은 크기의 상자에 내용물 정보가 인쇄되어 있는데, 그 식품은 상자 크기가 다른 것보다 조금 더 컸고, 인쇄가 아닌 손 글씨가 적혀 있었다.

'코리안 더 초코 크림 건조 케이크.'

에리카의 침샘이 반응했다. 기억나지는 않지만 아무래도 제법 좋아했던 디저트인 것 같았다. 어쩌면 스스로 챙겨둔 음식일지도. 호기심에 상자를 열자 가장 먼저 눈에 들어온 건 향긋한 초록색과 달콤한 진갈색이 어우러진 네모난 케이크가 든 진공 봉투, 그리고 사진 한 장이었다. 사진 속에는 환하게 웃고 있는 두 사람의 얼굴이 있었다. 에리카는 캡슐 내부의 금속 표면에 비친 자신의 얼굴을 바라본 다음 사진을 다시 확인했다. 사진 속 한 명은 에리카였다. 다른 한 명은 알아볼 수 없었다.

하지만 가까운 사람이었던 건 분명했다. 두 사람은 팔로 서로의 어깨를 감싸며 얼굴을 맞대고 있었다. 어쩌면 연인이었을지도 몰랐다. 에리카는 왠지 가슴이 무겁게 저려왔다. 그때 사진 배경에 있는 무언가가 눈에 들어왔다. 초점이 맞지 않아 흐리고 절반 정도가 에리카의 머리에 가려져 있지만, 분명 달력이었다. 에리카는 초점을 조절하려고 노력하며 달력 상단에 보이는 숫자를 읽었다.

"이천…… 몇십 년."

문득, 에리카의 머리에 어린 시절 한동안 학교에 가지 못했던 일이 떠올랐다. 어떤 이유였는지는 기억나지 않지만 모두 마스크를 쓰고 다녔던 모습도 함께 떠오르는 걸 보면 아무래도 질병과 관련된 이유였던 것 같았다. 그리고 그게 같은 숫자가 반복되는 해였다는 것까지는 기억했다.

"2020년."

그게 어릴 때였으니 이 사진이 찍힌 건 아무래도 21세기 중반이 분명했다. 에리카는 이제 자기 이름과 시대, 그리고 기억나지 않는 친구 혹은 연인의 존재를 찾았다. 2040년이나 2050년이었을 즈음, 에리카는 어떤 이유에서 이 캡슐에 올라

탔고, 그때 아마도 사진 속 인물이 에리카에게 이 케이크를 선물로 줬을 것이다. 처음부터 이상할 만큼 침착하게 움직이고 있기는 했지만, 그래도 조금씩 자기 자신을 되찾고 있다고 생각하니 에리카는 조금 더 마음이 편해졌다. 하지만 그 마음이 그리 오래가지는 않았다.

*

사진 뒷면에 같은 글씨체로 적힌 메시지.
'26세기, 밝은 미래에서 다시 만나.'
그리고 이름.
'에이다 엠.'
딱히 떠오르는 건 없었다. 하지만 기억 속 어딘가에 에이다가 여전히 남아 있을 것이라고 에리카는 굳게 믿기로 했다. 어쩌면 에이다도 다른 캡슐에 탔을지도 모른다. 이런 캡슐을 하나만 만들었을 리는 없을 테니 그리 멀지 않은 곳에 에이다가 있을지도 모른다. 무엇보다 에이다는 26세기에 '다시' 만나자고 했으니까.
26세기. 에리카의 가슴이 잠깐 서늘해졌다. 농담이 아니라면 자신이 조금 전까지 500년 동안이나 자고 있었을지도 모른다는 이야기였다. 도대체 무엇 때문에? 지구온난화로 인한 위기설이 막연하게 떠올랐다. 어떤 이유에서든 지구가 더 이상 살 수 없는 곳이 되어서 환경이 복원되기를 기다리며 잠든 것일지도 모른다. 대충 500년쯤 지나면 환경이 회복될 것 같으니 26세기를 목표로 삼은 게 아닐까? 구체적인 연도가 지정되지 않은 건 정확히 언제 환경이 충분하게 회복될지는 알 수 없으니까?

다시 한번 에리카의 기억이 출렁였다. G811-19. 단순한 캡슐 번호가 아니었다. 창세기(Genesis) 8장 11절. 저녁때에 비둘기가 그에게로 돌아왔는데 그 입에 감람나무 새 잎사귀가 있는지라 이에 노아가 땅에 물이 줄어든 줄 알았으며. 그리고 19절. 땅 위의 동물 곧 모든 짐승과 모든 기는 것과 모든 새도 그 종류대로 방주에서 나왔더라.

과거에 재앙이라고 부를 만한 어떤 일이 있었고 에리카 자신과 에이다, 그리고 아마 많은 사람들이 500년 후를 기약하며 21세기 노아의 방주에 올라탔던 것이다. 그제야 캡슐에 그려져 있던 새 그림이 이해되었다. 19는 예상대로 캡슐 번호일 것이다. 에리카는 19번 캡슐이었다.

'그럼 다들 어디에 있는 걸까? 적어도 열아홉 개의 캡슐이 있었을 텐데. 왜 나 혼자 깨어난 걸까? 굳이 모두 떨어뜨려놓

을 필요가 있었던 걸까?'

문득 낯선 불안감이 에리카의 뒷목을 스쳐 지나갔다. 에리카는 다시 한번 캡슐 내부를 자세히 살피기 시작했다. 수많은 숫자와 기호, 전문용어가 새겨진 기계장치들. 그리고 알 수 없는 그래프와 문자열이 깜빡이는 깨지고 일그러진 화면들.

'이렇게 많은 장치 중 어딘가에 시계 정도는 있겠지.'

이윽고 그는 시간을 표시하고 있는 듯한 장치를 발견했다. 숫자가 너무 이상해 처음에는 시계인 줄 몰랐다.

7543.04.26.13.43.34.372

마지막 세 자리 숫자는 읽을 수 없을 만큼 빠르게 변했다. 그다음 두 숫자는 초가 분명했다. 그렇다면 그다음은 분, 시, 일, 월 그리고…….

27543년.

약속한 시간에서 약 25000년이 지났다. 구름이 태양을 가렸고 멀리서 빗소리가 들려오기 시작했다. 비는 사흘 동안 이어졌다.

두 번째 캡슐

식량이 모두 떨어진 다음에도 에리카는 케이크를 먹지 못했다. 캡슐 입구를 덮은 방수천을 걷어내자 끌어안고 싶어지는 따뜻한 햇살이 다시 한번 에리카를 감쌌다. 27543년의 지구에서 뜻하지 않게 빗속 캠핑을 하며 느낀 혼란스러운 마음을 그나마 진정시킬 수 있었다. 지금 에리카가 할 수 있는 일은 다른 생존자를 찾는 것뿐이었다. 그러기 위해서는 새로운 식량을 확보해야 했다. 에리카는 배낭에 필요한 물건을 챙겨 넣고 캡슐에서 내려왔다. 사흘 동안 비가 내렸지만 풀이 많아서인지 다행히 땅이 진흙으로 질척이지는 않았다. 에리카는 멀리 떨어진 숲을 바라봤다. 대충 10에서 20킬로미터 정도 떨어진 것처럼 보였다. 충분히 걸어갈 수 있는 거리였다. 빨리 걸으면 세 시간 정도. 에리카는 가슴 부근에 위치한 주머니에 넣어둔 사진을 꺼내 잠시 바라봤다. 하지만 감상에 젖을수록 쉽게 절망에 빠질 것 같아 다시 집어넣고 발걸음을 옮겼다.

조금씩 가까워지는 숲을 바라보며 에리카는 다시 한번 생각을 정리했다. 방주는 원래 26세기에 다시 열릴 예정이었다. 그러나 어떤 이유로 결국 열리지 않았다. 어쩌면 26세기에도 지구의 환경이 제대로 돌아오지 않았을지도 모른다. 500년은 인류가 지구에 남긴 상처를 회복하기에는 너무 짧은 시간이었을 것이다. 그래서 방주는 계속 기다렸다. 그런데 인공적인 변화와는 별개로 지구 스스로도 장기적으로 기후를 바꾸기 마련이다. 방주가 기다리던 와중에 빙하기라도 닥친 게 아닐까? 그래서 방주는 더 오래 기다렸다. 이것만으로는 약 25000년이 넘는 시간이 설명되지 않겠지만, 그사이에 지구가 어떤 변화를 맞이했는지는 지금으로선 알 도리가 없다. 그저 방주는 이제야 다시 지구가 살만해졌다고 판단한 것이다.

그래서 캡슐을 이곳저곳에 방출했다. 왜 이런 방법을 선택한 걸까? 어쩌면 방주 주변에서도 안전하거나 쾌적한 곳을 골라 캡슐을 하나씩 보낸 걸지도. 확실히 캡슐이 있던 곳은 제법 괜찮은 곳이었다. 주변에 위험한 것도 없고 시야가 트여 있어

주변을 살피기 좋았다. 그리고 걸어서 갈 수 있는 곳에 숲이 있으니 식량을 찾기도 쉽다. 그러니까 처음부터 숲을 찾아가야 했다. 에리카는 그렇게 생각하며 조금 더 힘차게 걸었다.

숲이 가까워지자 드문드문 솟아난 작은 나무들이 보이기 시작했다. 작다고는 해도 에리카보다는 두 배 정도 컸다. 허리 높이까지 자란 수풀과 짙은 나뭇잎이 바람에 맞춰 흔들리며 조용하고 편안한 노래를 불렀다. 마치 평화로운 아프리카 초원을 걷고 있는 느낌이었다. 아프리카. 개인적인 기억은 남아 있지 않지만 그래도 일반적인 상식 정도는 여전히 떠올릴 수 있었다. 애초에 글도 읽을 수 있었고 태블릿컴퓨터도 알아봤으니 당연했다. 에리카는 떠올릴 수 있는 기억을 더 발견한 것을 기뻐하며 아프리카 초원에 대해 최대한 많은 기억을 곱씹었다. 가본 적은 없지만 사진이나 영상으로는 자주 본 기억이 있었다.

초원을 거니는 동물들. 옹기종기 모여 풀을 뜯는 초식동물과, 수풀 사이에 숨어 발소리를 죽이고 그들에게 접근하는 배고픈 육식동물. 에리카는 걸음을 멈췄다. 그와 동시 바람도 함께 멈췄다. 하지만 수풀의 노래는 조금 늦게 멈췄다. 평화로운 아프리카 초원은 지구 반대편에서 화면 너머로 지켜볼 때나 가능한 소리였다. 에리카가 천천히 숨을 깊이 들이마신 다음 숲을 향해 달렸다. 그러자 뒤에 있던 수풀 속에서 무언가가 튀어나와 쫓아오기 시작했다. 야생동물이 분명했다. 에리카는 돌아보지 않고 계속 뛰었다. 야생동물의 발소리는 점차 가까워졌다. 아무래도 야생동물보다 빨리 달리기는 어려울 것 같았다.

하지만 속도보다 신경 쓰이는 건 숫자였다. 바로 뒤에서만 들려오던 발소리가 조금 더 가까이서 들려오기 시작하더니, 다른 방향에서도 발소리가 에리카를 뒤쫓아왔다. 적어도 다섯 마리 정도가 뒤에 있다고 에리카는 확신했다. 모두 에리카를 쫓아오고 있었고 거리는 좁혀지고 있었다. 에리카는 눈물이 날 것 같았다. 숨이 차올랐다. 다리는 아프고 발목은 힘을 잃어갔다. 화면 너머로 봤던 사자의 사냥 장면이 떠올랐다. 아니, 가젤이 도망치는 장면이었다. 그땐 사소한 게임처럼 보였지만, 직접 겪으니 곧 잡아먹히리란 공포로 휩싸인 순간이라는 걸 깨달았다. 27543년 미래에서 야생동물한테 잡아먹힐 위기에 처하다니, 이게 도대체 무슨 꼴이란 말인가. 자신이 완전히 낯선 세상에 떨어진 무력한 피식자에 불과하다는 생각에 이르자, 초원이 아닌 가시밭을 뛰고 있는 것만 같은 느낌이 들었다. 발바닥이 아파왔다. 야생동물들은 더 가까이 다가왔다. 진짜 얼마 남지 않았다. 숲에서 먼저 깨어난 누군가가 나와서 구해주지는 않을까? 그럴 것 같지는 않다. 왜 캡슐에 무기는 넣어주지 않은 걸까?

 수풀 속에 있던 무언가가 크고 무거운 것이 에리카의 발에 걸렸다. 에리카는 속도를 주체하지 못하고 앞으로 고꾸라졌고 그대로 몇 바퀴를 더 굴렀다. 피어오른 먼지 속에서 기침하며 가까스로 몸을 일으켰다. 다시 뛰어야 하지만 한 번 멈춰버린 다리는 쉽게 움직이지 않았다. 우거진 수풀 속에 갇혀 아무것도 보이지 않았다. 이제 정말 끝이다. 하지만 아무 일도 일어나지 않았다. 수풀 너머에서는 알 수 없는 야생동물들이 으르렁거리는 소리가 생생하게 들려왔다. 에리카는 미친 듯이 뛰는 심장을 힘겹게 진정시키며 천천히 뒤로 기어갔다. 야생동물들의 소리가 멀어졌다.

 얼마나 지났을까. 또다시 야생동물의 소리가 들렸다. 무언가 때문에 다가오지 못하고 있는 것 같았다. 에리카는 발등에 묻어 있는 무언가를 발견했다. 피였다. 에리카의 피는 아니었다. 방금 걸려 넘어진 건 아무래도 동물 사체 같았다. 그런데 어떤 이유에선지 야생동물들은 그 사체 너머로는 오지 못했다. 확실하지는 않지만 아무래도 좋았다. 일단 여유가 생겼다. 에리카는 야생동물들이 몸을 감추고 있는 수풀에서 눈을 떼지 않으며 천천히 일어나 뒤로 물러났다. 거리가 제법 벌어지자 다리에 힘이 돌아와 허리를 숙이고 더 멀리 도망쳤다. 야생동물들은 여전히 쫓아오지 않았다. 사체 때문이었다면 돌아서 쫓아올 수도 있었을 텐데. 에리카는 야생동물들이 두려워하는 혹은 경계하는 무언가가 있다는 생각이 들었다. 우선 이곳을 벗어나야 했다.

이윽고 에리카는 숲에 도착했다. 그때까지 얼마나 달렸는지 혹은 걸었는지 기억나지 않았다. 에리카는 꼭대기가 보이지 않는 커다란 나무의 굵은 뿌리 사이에 털썩 주저앉았다. 땀과 피로에 젖은 몸은 자꾸 눈꺼풀을 닫으려고 했다. 에리카는 숲에도 무언가 있을지 모른다는 생각에 버티려 해봤지만 문득 정신을 차렸을 때는 이미 한참을 잠들어버린 뒤였다. 강렬한 허기가 덮쳐오지 않았다면 언제까지 잠들었을지 모를 일이었다.

*

27543년 뒤의 과일은 아무래도 인간의 몸에는 잘 맞지 않는 듯했다. 껍질이 두꺼운 사과 같은 느낌의 과일 하나를 모두 먹어버린 에리카는 아픈 배를 움켜쥐며 숲을 둘러봤다. 만약을 위해 배낭에 들어 있던 칼을 꺼내 오른손에 움켜쥐고 있었지만, 땅에 떨어진 과일을 잘라 먹을 때와 발에 걸린 풀을 잘

라낼 때 말고는 쓸 일이 없었다. 숲의 대부분을 구성하는 이름 모를 커다란 나무는 듬성듬성 솟아올라 있지만, 건물 5층 정도 높이부터는 땅따먹기라도 하는 것처럼 옆으로 사정없이 뻗어나가며 하늘을 빈틈없이 가리고 있었다. 마치 녹색 스테인드글라스 밑을 걷는 기분이었다. 덕분에 숲은 풀과 나무로 된 거대한 건물 내부처럼 보였다. 주워 먹은 과일은 나무의 굵은 줄기를 돌돌 감싼 덩굴식물에서 열린 것이었다. 덩굴식물이 사과와 비슷한 과일을 맺는 건 본 적이 없다는 생각에 에리카는 다시 한번 자신이 머나먼 미래에 온 과거 사람이라는 걸 떠올렸다. 아니, 미래도 과거도 아니다. 모든 게 현재다. 그저 오랫동안 잠들어 있었을 뿐이다. 과거는 지나갔고 미래는 아직 오지 않았다. 그저 지금 이 순간을 살아가고 있는 자신이 있을 뿐이다. 에리카는 먹은 걸 모두 토해냈다. 27543년 뒤의 과일이 몸에 맞지 않아서가 아니라는 사실을 깨달았다. 그저 받아들이고 싶지 않았던 것이다.

"우웩……."

속을 비워버리니 오히려 기분이 조금 차분해졌다. 에리카는 소매로 입을 닦으며 조금 더 걸었다. 조금 전까지는 들리지 않던 소리가 들렸다. 벌레 소리. 숲이니 벌레가 있는 건 당연했다. 다만 벌레 소리 대부분은 에리카의 키보다 높은 곳에서 들려왔다. 숲 바닥이나 나무 아랫부분에는 벌레가 눈에 띄지 않았다. 에키카는 고개를 들고 나뭇잎 사이로 새어 들어오는 빛줄기를 바라봤다. 시간 감각을 잊기 위해 벌레 소리에 집중했다. 태양은 그때나 지금이나 마찬가지다. 나뭇잎은 변함없이 청량한 녹색이었다. 에리카는 과거에도 벌레 종류에 대해서는 아는 게 전혀 없었다고 감히 확신할 수 있었다. 다행이었다. 분명 지금의 벌레는 21세기의 벌레와는 다를 테니까.

에리카의 가슴이 갑자기 크게 뛰었다. 반대편에 있는 나무 사이에서 부자연스러운 무언가가 보였다. 비스듬한 직선이었다. 녹색 덩굴로 뒤덮이기는 했지만 분명 인간이 만든 직선이었다. 덩굴 사이로 숲에 어울리지 않는 밝은 흰색도 눈에 띄었다. 에리카는 그 직선을 향해 달려갔다. 곳곳에 솟아오른 크고 굵은 나무뿌리를 가뿐히 뛰어넘었다. 그럴 힘이 있는 사실에 에리카 자신도 놀라웠다. 다만 지금 중요한 건 저 반가운 직선이었다.

정확히 말하면 캡슐이었다. 에리카가 타고 있던 것과 같은 종류였다. 거의 수직으로 땅에 박혀 있고, 이제는 친근하게 느껴지는 과일나무 덩굴로 뒤덮여 있었다. 덩굴은 아무래도 캡슐을 나무로 착각한 것 같았다. 덩굴은 캡슐의 4분의 3정도를 오른 뒤에야 나무가 아니라는 걸 깨달은 듯, 거기서부터 더 이상 오르지 않았다. 그 위로는 캡슐이 원래 모습을 빼꼼 내밀고 있었다. 나뭇잎 옷을 입은 거대한 숲의 여신이 에리카를 기다리고 있다는 듯 내려다보고 있었다.

에리카는 여신에게 인사를 건네는 기분으로 말했다.

"제법 오래된 거 같네. 수십 년, 아니면 수백 년."

여신은 대답하지 않았다. 에리카는 덩굴을 붙잡고 당겨보았다. 덩굴은 캡슐을 제법 단단하게 붙잡고 있었다.

'아직 잠들어 있을지도 몰라. 내가 그랬으니까. 깨울 수 있으면 좋겠는데.'

덩굴이 빼곡히 자라 있는 덕분에 캡슐을 오르는 건 그리 어렵지 않았다. 에리카는 자신이 제법 마른 몸이어서 다행이라고 생각했다. 그렇지 않다면 이렇게 허기진 상태에서 덩굴 벽을 타고 오르기가 쉽지 않을 테니까. 에리카는 자신이 원래 이런 몸이었는지, 아니면 27543년 동안 잠들어 있으면서 조금씩 줄어든 것인지는 알 수 없었다. 물론 아무래도 좋았다. 이제 조금만 더 있으면 다른 인간을 볼 수 있을지 모르니까.

에리카는 자신이 잠들어 있던 캡슐의 모습을 떠올리며 짐작한 입구의 위치에서 멈췄다. 길게 늘어진 덩굴을 몇 개 잡아 허리에 걸고 다리를 고정한 다음 칼을 꺼내 캡슐을 덮은 줄기를 잘라냈다. 하얀 외벽이 조금씩 모습을 드러내기 시작했다.

처음에는 그저 하얗고 매끄러운 표면만 보여 조금 실망했지만, 자세히 들여다보니 옅은 선이 보였다. 만져보니 정교하게 끼워 맞춰진 이음이었다. 입구를 찾은 것이다.

'이걸 어떻게 열어야 할까?'

주변에 있는 줄기를 더 잘라내며 표면을 꼼꼼하게 살폈다. 사람이 타고 있는 물건이니 긴급 사출장치 같은 게 있을 법도 했다. 그러다가 매끄러운 표면에 어울리지 않는 얕은 구멍 하나를 발견했다. 손가락 하나가 겨우 들어갈 정도의 크기였다. 손가락을 넣어보니 안쪽에 기역 자로 꺾여 있고, 그 끝에 자그만 고리 하나가 있었다. 에리카는 손끝 감각에 집중하며 고리에 손가락을 걸고 천천히 잡아당겼다.

에리카 옆에 있는 외벽이 직사각형 모양으로 갈라지더니 바깥으로 튀어나왔다. 몸을 붙잡아주고 있던 굵은 덩굴줄기 하나가 끊어지자 에리카는 짧게 비명 지르며 옆에 있던 다른 줄기 하나를 붙잡았다. 깨어난 이후 가장 크게 소리 지른 것 같았다. 하지만 에리카는 웃고 있었다. 처음으로 무언가가 뜻대로 되었다는 사실에 유쾌한 만족감이 찾아왔다.

'안에 누가 있을까? 에이다 엠? 다시 보자고 했으니 가까운 곳에서 깨어날 예정이었을지도 몰라. 에이다 엠이 이곳에 있을지도 몰라.'

에리카는 다시 한번 덩굴줄기를 붙잡고 올랐다. 갈라진 외벽은 매끄럽게 밑으로 내려가다 무언가에 걸린 듯 덜컹거리더니 금세 다시 멈춰버렸다. 에리카가 들어갈 수 있을 정도의 입구를 만들어내기에는 충분했다. 에리카는 손전등을 꺼내 어두운 캡슐 내부를 비췄다. 예상대로 복잡한 기계장치들이 가득했지만, 깜빡이는 화면이나 숫자는 보이지 않았다.

'탑승자가 깨어날 때만 작동하는 걸지도 몰라.'

에리카는 그렇게 생각하며 입구로 몸을 밀어 넣었다. 캡슐이 거의 수직으로 서 있기 때문에, 에리카는 내벽에서 튀어나와 있는 기계장치들을 손잡이로 삼으며 조심스럽게 내부로 들어갔다.

캡슐 내부에는 투명한 덮개가 있는 작은 캡슐이 하나 더 있었다. 에리카가 잠들어 있던 캡슐과 같은 구조였다. 그 덮개는 열려 있고, 작은 캡슐은 이미 비어 있었다. 안에 있던 사람이 누구였든, 이미 깨어난 것이다.

불안과 기대가 뒤섞이며 심장이 뛰기 시작했다. 에리카는 손전등 불빛으로 캡슐 내부를 꼼꼼히 살폈다. 외벽이 굳게 닫혀 있었으니 내부 어딘가에 캡슐 주인이 있을지도 몰랐다. 그러다가 입구 쪽 내벽에 붙어 있는 화면들이 깨져 있는 것을 발견했다. 외부 충격이나 진동으로 깨진 것 같지는 않았다. 화면 모두 직접 물리적인 충격을 받아 깨진 것처럼, 특정한 곳에만 균열이 거미줄처럼 사방으로 뻗어 있었다. 그리고 그 중심에서 검은 얼룩이 보였다.

'피.'

에리카는 손가락으로 검은 얼룩을 만져보았다. 단단하게 굳어 있었다. 살짝 힘을 주자 깨진 화면의 파편이 바스러지더니 반짝이는 가루가 되어 떨어졌다. 에리카는 눈송이처럼 천천히 아래로 떨어지는 가루를 향해 손전등을 비췄다. 캡슐 주인이 내부 바닥에 태아처럼 몸을 웅크린 채 있었다.

에리카는 내벽을 타고 조심스럽게 바닥으로 내려왔다. 발이 바닥에 닿자, 부서진 유리 파편이 미세하게 바스락거렸다. 손전등을 다시 들어 올리자, 캡슐 주인이 다시 모습을 드러냈다. 캡슐 주인은 에리카보다 훨씬 덩치 큰 여인이었다. 에리카 엠은 확실히 아니었다. 무릎을 가슴까지 올린 채 두 팔로 꼭 끌어안고 있는데, 마치 피곤에 지쳐 잠든 것 같은 모습이었다.

그녀는 이미 오래전에 사망한 것 같았다.

가까이 다가가니 긴 머리카락이 눈에 띄었다. 손전등 불빛이 스쳐 지나가자 긴 머리카락이 마치 방금 씻고 나온 것처럼 매끄럽고 차분하게 반짝였다. 하지만 그 아래의 살결은 딱딱하게 말라서, 마지막 핏기가 사라지고 오랜 시간이 흘렀다는 것을 증명하고 있었다. 수십 년, 어쩌면 수백 년이 지났을지도 몰랐다. 에리카는 낯선 여인의 얼굴을 천천히 살폈다. 눈은 감겨 있고, 입술은 마치 무슨 말을 하려던 것처럼 살짝 벌어져 있었다. 표정은 평화로웠지만 옅은 슬픔이 깔려 있는 것 같기도 했다.

무릎을 감싼 손가락은 흘러가는 시간을 붙잡으려는 것처럼 힘겹게 굽어 있었다. 그리고 상처가 가득했다. 제법 크게 찢어졌던 피부가 단단히 붙어 있는 것을 보니, 죽기 직전에 생긴 것 같지는 않았다. 이 여인은 적어도 큰 상처가 충분히 아물 수 있을 정도의 시간 동안은 살아 있었던 같았다. 그리고 마지막 순간, 어떤 평화와 슬픔을 느끼며 눈을 감았을 것이라 생각했다.

*

에리카는 여인 옆에 엉덩이를 대고 앉았다. 다시 혼자가 되었다. 처음부터 혼자였지만, 더욱 철저히 혼자가 되었다.
"대충 짐작해볼게."
에리카는 여인에게 말을 걸며 고개를 들어 캡슐 위쪽을 바라보았다.

"당신은 깨어났어. 그런데 어째서인지 캡슐 외벽이 열리지 않은 거야. 당황했겠지. 벽을 두드려보기도 하고 화면이나 이런저런 기계장치도 조작해보았을 거야. 그러나 아무 반응도 없었어. 그러다 점점 초조함이 몰려와서 더 세게 두드리고, 열릴 만한 부분은 모조리 손으로 잡아당겨보고, 움직일 수 있을 법한 건 뭐든 건드려봤을 거야. 하지만 캡슐은 꿈쩍도 하지 않았어. 절망이 몰려왔겠지. 숨이 막혔을 거고, 피가 차가워지는 것 같고, 심장은 미친 듯이 뛰고. 포기했다가도 다시 희망을 갖고 이런저런 시도를 반복했을 거야. 벽을 발로 차기도 하고 머리로 내려쳐보기도 했겠지. 그러다 결국 맨손으로 화면을 완전히 부숴버렸고. 파편 때문에 큰 상처가 났는데도, 금방 멈추지 못했을 거고……."

에리카는 손전등으로 여인의 주변을 비춰보았다. 에리카가 빗속에서 먹은 것과 비슷한 종류의 식품 포장지가 여기저기 숨겨져 있었다. 에리카는 모두 대충 구겨서 버렸지만, 이곳에는 가지런히 네모나게 접혀 차곡차곡 쌓여 있었다.

"그러다가 결국 현실을 받아들였고."

에리카는 죽은 여인 곁에 무릎을 꿇었다. 손전등을 바닥에 내려놓고, 조용히 바라보았다.

'이 여인은 누구였을까? 나와 같이 잠든 사람이었을까? 아니면 혹시 전혀 다른 시대에서 온 존재였을까? 어떤 희망을 가지고 캡슐에 올라탄 걸까? 에이다 엠처럼, 다시 만나자며 함께 잠든 누군가가 있었을까? 마지막 숨을 내쉬면서 누구를 떠올렸을까?'

에리카는 손을 뻗어 여인의 메마른 손가락을 감쌌다. 마치 오랫동안 알고 지냈던 사람인 것처럼, 여인에 대한 깊은 연민이 밀려들었다.

에리카는 조용히 속삭였다.

"늦게 와서 미안해."

여인은 깊은 정적으로 무어라 대답했다. 에리카가 감싼 여인의 손가락 사이로 사진 한 장이 보였다.

성운

유적지는 두 번째 캡슐을 발견한 곳에서 그리 멀지 않은 곳에 있었다. 나무 사이로 들어오는 햇살을 받으며 반쯤 무너진 벽이 옅은 그림자를 길게 드리웠고, 곳곳에 붕괴된 건물 잔해가 흩어져 있었다. 굴뚝처럼 솟은 기둥들은 윗부분이 부러져 있었다. 곳곳에 뼈대처럼 튀어나온 금속 구조물들은 녹슬어 형체를 알아볼 수 없을 정도로 비틀려 있었다. 마치 거대한 신의 몸을 해체한 것만 같은 광경이었다. 에리카는 한동안 넋을 잃고 그 장대한 폐허를 조용히 바라보았다.

'도대체 뭐 하던 곳이지?'

에리카는 무너진 건물의 원래 모습을 상상해보았지만 도무지 익숙한 형태가 아니었다. 크고 복잡한 시설이었던 것은 분명했지만, 마치 한 번도 보지 못한 건축양식을 보는 것만 같았다. 곳곳에 에리카가 알고 있는 현대적인 요소도 있었다.

'방주가 작동하고 나서 사람들이 오랫동안 살아가던 곳일 수도. 아니면…… 그냥 내가 모르는 문명이었을까.'

에리카는 발걸음을 옮겼다. 바닥은 깨진 석재와 부서진 금속 구조물로 가득했지만, 땅보다 조금이라도 높은 곳이라면 잠시나마 더 안전할 테니까. 무엇보다 건물 꼭대기가 가장 높은 나무보다 더 높이 솟아 있었다. 언제 무너져도 이상하지 않을 만큼 부실해 보였지만, 잠깐이라도 올라갈 수 있다면 주변 상황을 좀 더 잘 파악할 수 있을 것 같았다.

에리카는 허물어진 벽을 따라 이동하며 건물 깊숙히 들어갔다. 문은 대부분 어디론가 사라지고 없었다. 여기저기에 깨진 유리 조각들이 눈처럼 쌓여 있었다. 바닥에 뚫린 구멍과 날카로운 파편을 피해 조심스럽게 안으로 들어서자, 건물 내부가 조금씩 모습을 드러냈다. 동시에 외부에서 들어오는 빛도 점차 사라졌다.

에리카가 손전등을 꺼내 비추자 위로 올라가는 계단이 나타났다. 계단에 발을 디딜 때마다 돌가루가 바스러지는 소리가 희미하게 퍼졌다. 어디선가 들어온 바람이 지나가며 먼지가 날렸다. 계단을 천천히 오르면서 벽을 살피자 무언가를 휘갈겨 쓴 흔적이 곳곳에 보였다. 대부분 벗겨지고 지워져서 뭐라고 쓴 것인지는 짐작하기 어려웠다. 이윽고 알아볼 수 있는 커다란 글씨가 나타났다. 철자는 에리카가 아는 것과 조금 달랐지만 그래도 충분히 읽고 해석할 수 있었다.
'구원.'
계단 벽에 이렇게 썼다는 건 구원이 오지 않았다는 뜻이다. 방주가 작동한 이후로 시간이 얼마나 지났든 결국 구원을 바랄 수밖에 없는 재난이 닥쳤고, 끝내 구원은 오지 않았다.

*

계단을 오르던 에리카는 강렬한 허기와 갈증이 다시 찾아오자 계단 옆에 있던 입구로 들어갔다. 사무실 같은 넓은 공간이 나타났다. 유리창이 없어진 창문으로 햇빛과 나뭇가지가 들어와 있었다. 나무의 머리 정도 높이까지 올라온 것이었다. 덕분에 창가 주변의 벽과 바닥은 나뭇잎에 반사된 따뜻한 녹색빛에 물들어 있었다.
에리카는 창가에 앉아 배낭을 열었다. 두 번째 캡슐에 물과 식량이 조금 남아 있어서 챙겨 올 수 있었다. 에리카는 건조식

품을 조금씩 뜯어 먹으며 두 번째 캡슐에 있던 여인에 대해 다시 떠올렸다. 식량이 남아 있었으니 굶주림 때문에 죽은 게 아닌 것은 분명했다.

에리카는 여인이 손에 꼭 붙잡고 있던 사진을 꺼냈다. 에리카에게도 사진이 있었던 걸 생각하면 캡슐의 모든 탑승자가 사진 한 장씩 들고 탔을지도 모르는 일이었다. 사진에는 그 여인과 딸로 보이는 어린아이가 나란히 앉아 있는 모습이 담겨 있었다. 아이는 많아 보아야 일곱에서 여덟 살 정도로 보였다. 사진 구석에는 '한나와 함께'라고 적혀 있었다. 사진 위에 쓴 게 아니라, 원래 그렇게 쓰여 있던 사진을 복사해 다시 인쇄한 것 같았다.

사진 뒷면에는 편지가 있었다. 잉크가 많이 엷어지고 번진 곳도 있어서 어두운 캡슐 속에서는 잘 보이지 않았지만, 창가의 햇빛 아래에서는 일부나마 읽을 수 있었다.

"어린 너를 보며 상상했던, 네가 살아갈 거라고 생각했던 그 세계가 이제 내겐 아득히 먼 과거가 되어버렸다는 걸…… 스무 살 생일 때는 누구와 무엇을 했을지, 어떤 사랑을 하고 어떤 슬픔을…… 네가 남긴 시간은 내게 닿지 않는구나…… 견디고는 있지만 가끔은 너를 너무……."

다른 부분은 더 이상 읽을 수 없었다. 에리카는 사진을 쥔 손을 천천히 내렸다. 햇빛이 엷게 바랜 글씨 위로 아른거렸다.

남아 있는 희미한 글씨 조각들은 서로 맞물리지 못한 채 공중에서 흩어졌다. 읽을 수도, 되돌릴 수도, 닿을 수 없는 시간이 종이 너머의 아득한 과거로 사라지고 있었다.

'두 사람은 같이 잠들었던 걸까? 아니면 아이를 두고 여인 혼자 잠들었던 걸까? 그 여인이 마지막으로 아이에게 해주고 싶었던 말은 무엇이었을까?'

에리카는 상상해봤지만 보고 싶다거나 사랑한다거나 그립다거나 하는 뻔한 말뿐이었다. 가슴을 파고드는 긴 세월의 아련한 공허함을 담아낼 수 있을 것 같지 않았다.

흘러버린 시간을 얼마나 기다렸던 걸까? 수백 수천 년, 어쩌면 27543년 전에 살아갔을 아이를 마음에 품고 있는 것은 어떤 느낌이었을까? 삶의 흔적은커녕 살았던 세상마저도 깊은 세월의 그림자 너머로 사라지고 없는 아이를 그리워하는 마음은 어떤 걸까? 그것도 빛 한 줄기 제대로 들어오지 않는 고장 난 캡슐 안에서. 아무리 기다려도 문은 열리지 않았다. 어떤 신호도 응답도 없었다. 캡슐은 거대한 관이 되어 그 여인을 가두었고, 어둠은 끝없는 시간 속으로 여인을 삼켜버렸다.

에리카는 천천히 숨을 깊이 들이마셨다. 가슴은 계속 조여왔다. 누구에게도 도달하지 않을 것이며, 누구도 읽지 않으리라는 것을 알면서도 그 여인은 편지를 남겼다. 단 하나의 작은 연결이라도 남기기 위해서. 세월 속에 사라진 세상과 자신을 이어주는 마지막 흔적을 만들기 위해서. 다시 사진을 바라보았다. 자세는 긴장한 것처럼 뻣뻣했지만, 여인의 얼굴에는 온기를 머금은 미소가 지어져 있었다. 시간은 거기서 멈췄다. 몸은 미래에 갇혔지만, 마음은 과거에 갇혔다. 편지 내용이 조용한 절규처럼 느껴졌다. 닿을 수 없는 누군가를 그리워하는, 그러나 절대 전해질 수 없는 목소리.

'내게는 그리워할 사람조차 없어.'

에리카는 에이다 엠을 떠올렸다. 에이다 엠이 누구인지 모른다. 이름과 사진 속 얼굴을 알고 있을 뿐이었다. 사진 뒷면에 남길 과거의 기억조차 에리카에게는 없었다.

에리카는 사진을 배낭에 다시 집어넣고 벌떡 일어나 걸으며 마음을 진정시켰다.

'괜찮아. 다른 캡슐이 또 있을 거야. 어딘가에 살아 있는 누군가가 있을지도 몰라.'

에리카의 희망은 설득력이 없었다. 그는 창틀 너머로 몸을 내밀었다. 그리고 목이 찢어질 듯한 소리로 소리를 질렀다. 상스러운 욕설에 거친 숨이 섞이며 의미 없는 단어들이 허공으로 튀어나갔다. 누구도 대답하지 않았다. 누구도 대답할 수 없었다. 누구의 대답도 바라지 않았다. 에리카 자신을 향한 절규였다. 가슴을 짓누르는 시간의 무게를 덜어내고 싶었다. 아무리 외쳐도, 시간은 조금도 가벼워지지 않았다. 몸이 무거워졌다. 에리카는 그대로 바닥에 주저앉았다. 그리고 흐느껴 울었다. 억지로 무시하고 있던 피로가 몰려왔다. 에리카는 꿈에 에이다가 나오기를 바라며 눈을 감았다.

다시 눈을 떴을 때는 주변이 어둠으로 가득 차 있었다. 잿빛 벽은 어둠 속에서 형태를 잃고 그림자에 녹아들어 있었다. 어디선가 바람이 불어왔다. 낮에는 느낄 수 없었던 냄새가 묻어 있었다. 차갑고 축축한 흙의 냄새. 햇살의 따뜻함이 사라진 무관심의 공기. 바람에 실려 온 소리들이 귓가를 간지럽혔다. 처음 숲에 들어왔을 때 들리던 것과는 달랐다. 멀리서 울리는 야생동물의 포효, 굵고 날카로운 곤충의 울음소리, 끈적한 무언가가 나무를 타고 오르는 소리.

에리카는 몸을 일으켰다. 식은땀에 흠뻑 젖은 옷이 등에 달라붙어 떨어지지 않았다. 본능적으로 주변을 살폈지만, 당연히 아무도 없었다. 어둠 속에서 자신을 바라보는 눈도 없었다. 이상했다. 보이지 않는 무언가가 자신을 가까이에서 지켜보고 있는 듯한 기분이 들었다. 목덜미가 차갑게 식었다. 몸을 감싸안았다. 팔과 옷을 비집고 들어오는 밤공기가 이상하리만치 차가웠다.

혼자였다. 이 폐허 속에서도, 이 숲에서도 그리고 이 지구라는 행성에서도. 고독감이 뼛속까지 파고들었다. 두려움과는 달랐다. 두려움은 적어도 그 감정을 투사할 대상이라도 있었다. 숲에 들어오기 전에 달려들었던 그 야생동물처럼. 하지만 지금 에리카가 느끼는 건 그보다 깊은 것이었다. 아무도 없다. 함께 깨어날 사람도, 기다릴 사람도, 기다려 줄 사람도 없다. 약 25000년이 지나면서 에리카가 알던 세계는 사라졌다. 이런 폐허가 남아 있다는 것 자체가 이미 기적이었다. 이 건물조차 에리카에게는 생소하기 그지없었다.

에리카는 손을 꼭 쥐었다가 펼치기를 반복하며 호흡을 가다듬었다. 마음을 붙잡아줄 무언가가 필요했다. 과거에 살았던 세상에서도, 지금 숨 쉬고 있는 세상에서도 변함없이 존재하며 두 세상을 이어줄 무언가가 필요했다. 자신이 지구의 아무 장소, 아무 시간을 그저 무의미하게 스쳐 지나가는 나약한 동물 한 마리에 불과하다는 것을 잊을 수 있는 무언가. 한때 빛나는 문명과 문화에 속해 있었다는 것을 확인해줄 수 있는 무언가가 필요했다.

별. 적어도 별과 밤하늘만큼은 변하지 않았을 것이다. 에리카는 건물 위로 올라가야겠다고 생각했다. 에리카는 배낭을 챙기고 손전등을 비추며 계단으로 다시 돌아갔다. 건물 상층부는 이미 오래전에 한 번 크게 무너진 적이 있는 것 같았다. 위로 올라갈수록 계단이 부실해졌고, 무언가 부서지는 소리가 여기저기서 들려오기 시작했다. 조심스레 한 걸음씩 위로 올라갔다. 계단 아래를 슬쩍 내려다보니 검은 공허가 입을 벌리고 있었다. 높이를 짐작하기가 어려웠다. 가만히 바라보고만 있어도 그대로 밑으로 떨어질 것만 같았다. 에리카는 머리를 흔들어 정신을 차린 다음 다시 천천히, 조심스럽게 올라갔다. 철제 난간에 손을 짚으려다 순간 멈췄다. 난간은 계단이나 벽에 고정되어 있지 않았다. 이미 오래전에 떨어져 나와 그저 용수철처럼 아슬아슬하게 버티고 있을 뿐이었다. 실수로 붙잡고 힘을 줬다가는 뱀의 또아리에 감기는 것처럼 몸이 비틀어졌을 것이다. 에리카는 가슴을 한번 쓸어내린 다음, 벽에 몸을 붙인 채로 숨을 죽이고 한 걸음씩 위로 나아갔다.

　갑자기 계단 하나가 폭삭 내려앉으며 에리카의 다리를 빨아들였다. 에리카는 반사적으로 위쪽 계단을 붙잡았다. 충격 때문에 난간이 삐그덕거리며 비명을 질렀다. 무거운 파편이 여기저기 부딪히며 바닥으로 굴러 떨어지는 소리가 메아리처럼 퍼졌다. 폐허가 조금씩 무너지는 소리는 유독 크게 들렸다. 마치 침입자가 있다는 걸 숲 전체에 알리려는 것처럼. 에리카는 귀를 기울였다. 혹시라도 들려오는 소리가 있는지, 무언가

다가오고 있는 것이 있는지. 하지만 돌아오는 건 여전히 알 수 없는 야생동물과 곤충들의 울음소리뿐이었다. 에리카는 계단이 더 이상 무너지지 않기를 바라며 천천히 다리를 빼냈다.

마지막 계단을 오르자 공기가 조금 달라진 느낌이 들었다. 숲의 천장을 벗어났기 때문일지도 몰랐다. 이제 마지막이었다. 옥상으로 나가는 두꺼운 철문은 반쯤 쓰러져 있었다. 그 사이로 희미한 빛과 차가운 바람이 스며들고 있었다. 에리카는 바람을 거스르고 빛이 다가오는 곳을 향해 몸을 밀어 넣었다. 문틈에 다리가 걸려 넘어질 뻔했지만, 가까스로 균형을 잡고 몸을 바로 세웠다. 건조한 먼지로 가득했던 내부와는 달리, 옥상 바닥은 축축했다. 왠지 반가웠다. 흙이나 나무에서는 느낄 수 없는, 인공물이 전해주는 습기. 콘크리트 균열 속에서 자라는 이끼의 냄새.

에리카는 마침내 옥상에 다다랐다. 어둠에 묻힌 숲은 이제 밤바다처럼 수평선 아래에서 바람에 맞춰 조용히 출렁이고 있었다. 에리카는 고개를 들어 밤하늘을 바라보았다. 숨이 멎을 것 같았다. 투명한 어둠 속에서 격렬하게 빛나는 별들. 낯설었다. 에리카가 알고 있는 밤하늘이 아니었다. 별들은 모두 그곳에 있었지만, 익숙한 별자리들이 보이지 않았다. 별들의 위치마저 달라질 만큼 시간이 지나버린 것이다. 완전히 낯선 것은 아니었다. 에리카는 눈으로 별들을 따라갔다. 그리고 묘하게 익숙한 별들의 배열을 하나 찾았다. 오리온자리. 조금 비틀어지기는 했지만 과거의 모습을 그나마 유지하고 있는 별자리. 손가락 끝으로 별을 하나씩 짚어가며 오리온자리를 따라 그렸다. 멀고 먼 별들을 이으며 그리는 보이지 않는 선이, 이 깊은 심연 속에서 손을 내밀어 붙잡아주는 구원의 손길처럼 느껴졌다.

그것만으로는 충분하지 않았다. 여전히 텅 빈 감각과 무거운 시간이 가슴을 짓눌렀다. 밤하늘이 사라진 것은 아니었지만, 더 이상 자신이 알던 하늘은 아니었다. 에리카는 하늘을 올려다보며 숨을 들이마셨다. 깊은 밤의 공기는 바람을 타고 먼 과거에서 온 것처럼 마르고 차가웠다.

에리카는 문득 한 가지 기억을 떠올렸다. 우주를 좋아했던 사람.

"에이다."

밤하늘의 별자리가 달라졌다는 걸 바로 알아볼 수 있었던 것도, 그럼에도 오리온자리를 찾을 수 있었던 것도 모두 에이다가 알려줬기 때문이다. 머릿속에 과거의 밤하늘을 담아두고 있을 수 있을 만큼, 에이다는 가까운 관계였다. 그저 사진 속 모습을 보고 짐작한 것이 아니라, 내면에 묻혀 있던 진짜 기억이 솟아나와 너에게도 소중한 사람이 있었다고 알려주고 있었다. 여전히 기억은 어렴풋하기 그지없지만, 그것만으로도 충분했다. 묘한 만족감이 숲의 물결을 타고 밀려왔다.

에리카는 옥상 가장자리를 향해 다가갔다. 아래를 내려다보니 나무는 딱 옥상 높이만큼 자라 있었다. 정말 해변에 서 있는 느낌이었다. 파도처럼 나무가 흔들릴 때면, 나뭇가지와 잎 사이로 숲의 바닥으로 향하는, 깊이를 짐작할 수 없는 검은 허공이 보였다.

에리카는 옥상 난간 위에 올라섰다. 이상하리만큼 평온한 마음이었다. 불안도, 두려움도, 고독도 없었다. 오히려 깊은 바다에 몸을 맡기는 듯 기분 좋은 해방감이 온몸으로 퍼져나갔다. 향긋한 숲의 바람이 얼굴을 스쳐 지나가며 다정한 마지막 인사를 건네는 것 같았다.

캡슐 속에서 사진을 품은 채 죽어 있던 여인. 식량이 남아 있었음에도 끝내 숨을 거두게 된 이유를 에리카는 어렴풋이 알 것만 같았다. 그것은 굶주림 때문도, 질병 때문도 아니었다. 누군가에게 남길 말이 있었고 그것을 남겼을 때, 더는 기다릴 이유가 남아 있지 않았을 때, 그 여인은 어두운 캡슐 속에서 조용히 눈을 감았을 것이다. 그 짧은 편지가 마지막으로 허락된 자신의 세계였고, 그 세계에 마침표를 찍은 것이다.

에리카는 발밑의 허공을 뒤덮은 숲을 응시했다. 별들의 위치마저 변해버린 밤하늘 아래에서, 어렴풋한 기억 속에서 에이다를 떠올렸다. 마치 긴 세월을 초월해 누군가와 닿은 듯한 감각이 들었다. 너무나 멀지만 확실히 존재했던 온기를 느낀 순간, 모든 것을 다해버린 것처럼 이상하게 편안했다. 이제 떠나도 괜찮지 않을까? 더는 붙잡을 것도, 기다릴 것도, 찾아 헤맬 이유도 없는 것만 같은 묘한 감각이 스며들었다.

에리카는 발끝을 내밀었다. 그때 문득 그림자가 눈에 띄었다. 나뭇잎 바다 위로, 에리카의 긴 그림자가 드리워 있었다. 달이 떴다고 생각했다. 밤에 그림자를 만들 정도라면 보름달일 것이라 생각했다. 어쩌면 달은 과거 모습 그대로 있을지도. 상관없었다. 이제 아무래도 좋았다. 그것보다 신경 쓰이는 게 하나 있었다.

'보름달?'

이상했다. 해는 한참 전에 졌다. 그런데 이제야 뒤늦게 동쪽 지평선에서 보름달이 뜰 리는 없었다. 에리카는 반대쪽 하늘을 보기 위해 몸을 돌렸다. 그러다가 반쯤 들고 있던 다리가 얽히며 균형을 잃었고 옥상 바닥에 철퍼덕 쓰러졌다. 에리카가 입에 들어온 먼지를 털어내며 몸을 일으키고 동쪽 하늘을 바라보았다. 에리카를 비추고 있던 것은 보름달이 아니었다.

보름달보다 훨씬 크고 밝은 빛이 지평선 위로 떠오르고 있었다. 웅장한 불꽃놀이의 잔상처럼 혹은 대도시의 화려한 빛 공해처럼. 그 빛들은 흔들리거나 퍼지지 않았고, 깜빡거리지도 않았다. 완벽하게 정제된 형태를 유지하며 별들 사이의 심연 속에서 타오르고 있었다.

성운이었다. 밝고 거대한 성운이었다. 선명하고 은은한 빛줄기가 옥상을 내리쬐며 에리카를 감싸고 있었다. 에리카는 숨 쉴 수가 없었다. 도저히 눈을 뗄 수 없었다. 절대적 존재가 공들여 다듬은 듯한 거대한 빛의 구름이었다.

처녀자리였다. 성운은 처녀자리를 뒤덮고 있었다. 에리카는 다시 한번 손끝으로 처녀자리의 별들을 짚었다. 과거보다 야위어버린 처녀의 모습이 그려졌다. 하지만 처녀의 왼손이 없었다. 가장 밝은 별이 없었다.

'스피카.'

푸른 별 스피카가 사라지고 없었다.

어렴풋한 기억 속의 에이다가 속삭였다.

'스피카는 언젠가 초신성이 되면서 크고 아름다운 성운을 남길 거야. 지구 가장 가까운 곳에 있는 성운. 언제가 될지는 알 수 없지만. 아마 아주 먼 미래의 일이 아닐까.'

아주 먼 미래. 지금 에리카는 그 미래 속에 있었다.

*

 스피카는 지난 27543년 사이에 초신성이 되어 사라졌다. 그리고 보름달보다 더 크고 밝게 보이는 거대한 성운을 남겼다. 폭발이 만든 거대한 껍데기, 죽은 별의 유해. 죽음의 흔적이라기에는 너무나도 찬란했다. 우주에서 끌어모은 모든 색이 섞이고, 부딪히고, 스며들며 성운을 가득 채웠다. 화려한 가스의 물결은 주변의 작은 별과 먼지와 부딪히며 아름다운 문양을 만들어냈다. 빛을 머금은 소용돌이 동심원 가장자리에서는 따뜻한 붉은빛이 흘렀고, 중심부로 들어갈수록 날카롭고 차가운 기운이 선명했다. 마치 우주의 눈동자가 스스로를 태우며 성장하면서 지구를 바라보고 있는 듯했다.
 지구에서 인류는 사라졌다. 하지만 지구는 멈추지 않았다. 사라진 문명을 아쉬워하는 듯한 흔적도 없이, 여전히 나무는 자라 열매를 맺고, 풀은 바람에 흔들리며, 동물들은 먹고 먹히며 살아가고 있다. 마치 인간이라는 존재가 처음부터 없었던 것처럼. 있었더라도 아무 의미가 없었던 것처럼. 인간이 남긴 도시도, 기술도, 문명도, 예술도 아무런 의미가 없었다. 그저 시간 속에서 모든 것은 자연으로 돌아갔다. 도시는 숲속 바위가 되었고, 길은 덩굴과 잡초에 묻혔으며, 인간의 몸은 흙이 되어 벌레들의 집과 먹이가 되었다.

우주는 처음부터 인간을 알지도 못했다. 우주 어딘가에 있는 작은 행성에서 찰나의 순간 불꽃처럼 살다가 사라진 존재에게 우주는 관심이 없었다. 전혀 개의치 않는다는 듯, 너희가 있는지도 몰랐다는 듯 우주는 평소처럼 성운을 만들며 화려한 불꽃놀이를 펼치고 있었다. 인간이 존재했든, 사라졌든, 애초에 있었던 적이 없든 아무것도 영향을 주지 않았다. 별들은 여전히 타오르고 죽으며, 성운은 별의 유해로 허공을 채워나가면서 새로운 별들을 만들어낼 준비를 하고 있었다.

에리카는 성운의 눈동자를 응시했다. 깊은 푸른색의 동공을 바라봤다. 그 가운데에 작고 하얀 별이 있었다. 백색왜성이었다. 별의 시체. 스피카의 유해. 작지만 여전히 밝게 빛나고 있었다. 하늘 높은 곳의 거친 바람 때문에 하얀 별빛이 반짝일 때마다 성운의 영혼이 말을 거는 것만 같았다. 마치 죽음 너머에서 속삭이는 것처럼.

'살아라.'

에리카는 숨을 들이마셨다. 메아리처럼 울려 퍼지는 목소리가 머릿속을 맴돌았다. 아니, 목소리가 아니었다. 소리도 문장도 아니었다. 하얀 별이 분명히 말을 걸고 있었다.

에리카는 속으로 물었다.

'왜?'

무지갯빛 성운에 물결을 일으키며 하얀 별이 다시 깜빡였다.

'살아라.'

에리카는 주먹을 꽉 쥐었다. 서늘한 공기가 폐로 들어와 몸 곳곳에 스며들었다. 하얀 별은 이유를 대답해주지 않았다.

'도대체 왜?'

이곳에 혼자 살아남았다고 해서 무엇이 달라지는가? 인간은 사라졌고, 문명은 소멸했다. 모든 것이 자연으로 돌아갔다. 아니, 애초에 모든 게 자연의 하찮은 일부에 불과했다. 우주의 무관심 속에서 인간은 단 한 줌의 먼지조차 제대로 남기지 못한 채 흩어졌다. 지금 서 있는 이 건물도 지구와 우주의 시간 속에서는 모래성처럼 힘없이 바스러질 것이다. 에리카는 그저 무너진 모래성 위에 우연히 내려앉은 먼지 한 톨에 지나지 않았다. 마지막 먼지. 에리카는 자신이 마지막 인간일지도 모른다는 사실을 떠올렸다. 지금까지 느낀 것과는 다른 무게가 어깨를 짓눌렀다. 인류의 모든 역사가, 모든 위대한 순간들이 손끝에 수렴되는 감각.

'이렇게 사라져도 되는 걸까?' 에리카는 다시 성운을 바라봤다. 여전히 밝게 빛나고 있었다. 죽은 별이 남긴 찬란한 삶의 흔적. 죽음 뒤에 남은 것. 그것이 에리카를 위로하고 있는지 비웃고 있는지는 알 수 없었다. 그저 그곳에서 스피카의 존재를 증명하며 영롱하게 빛날 뿐이었다. 그 유해가 우주의 심연 속에서 찬란한 빛을 남긴 것처럼, 인간도 완전히 사라지기 전에, 하나의 흔적쯤은 찰나의 순간만큼이라도 더 오래 남길 수 있을 것이다. 하찮은 먼지 한 톨이라도 사라지기 전에 신에게 불쾌한 재채기 정도는 일으킬 수 있을 것이다.

에리카는 성운을 향해 나지막하게 말했다.

"난 아직 여기 있어. 우리는 아직 여기 있다고."

다시 한번 단단한 목소리로 말했다.

"우리가 여기 있었다는 걸, 내가 여기 있었다는 흔적을 분명히 남길 거야."

갑자기 눈물이 쏟아지자 에리카는 성운의 시선을 피해 몸을 뒤로 돌렸다. 초라했다. 대단한 선언이라도 하는 것처럼 말했지만, 사실 허무하기 그지없는 외침이라는 걸 스스로도 잘 알았다. 그렇게 해야만 죽지 않고 견딜 수 있을 것 같았다. 그렇게 해야만 기억 속 모든 것이 사라진 세상 속에 혼자 남았다는 사실을 잊을 수 있을 것만 같았다. 그렇게 해야만 밤하늘의 눈동자를 마주 볼 수 있을 것만 같았다.

유적

 어둠이 내려앉을 때마다 에리카는 문득 찾아오는 고독과 싸웠다. 차갑게 식은 도시, 폐허가 된 건물 그리고 끝없이 펼쳐진 숲. 숲의 천장 틈으로 햇빛이 새어 들어올 때는 덜했지만, 밤이 되면 사방에서 쏟아지는 어둠이 에리카를 압도했다. 아무리 버티려고 해도 밤은 길었고, 고요 속에 숨은 적막감은 외로움을 더욱 자극했다. 맑은 날, 별이 가득한 밤이면 광활한 우주 속에 홀로 남겨진 느낌이 더욱 선명해졌다. 그리고 성운은 언제나 에리카를 바라봤다.
 이대로 무너질 수는 없었다. 에리카는 밤을 견디기 위해 그리고 살아가기 위해 손과 발을 움직였다. 유적 곳곳에서 발견한 물건을 하나둘 모아 자신만의 집을 만들었다. 벽돌과 석재, 뼈대만 남은 가구와 삭은 천 조각들까지. 과거였다면 거들떠보지도 않았을 아무짝에도 쓸모없는 것들이지만, 지금의 에리카에겐 소중한 것들이었다. 조각난 천을 이어 붙여 침상을 만들고, 오래된 석판과 나무조각으로 테이블과 의자를 조립했다. 물건 하나하나에 의미를 부여하고, 인간 문화의 기억을 잊지 않기 위해 애썼다.

가끔 책이 쌓여 있는 곳을 발견하기도 했다. 대부분 펼치기만 해도 독한 먼지를 뿜어대며 바스러졌다. 가끔 종이가 변색되고 모서리가 해지기만 한 채 제법 멀쩡한 상태를 유지하고 있는 것도 있었다. 대부분 낯선 언어였다. 로마자로 되어 있기는 했지만, 단어도 문법도 에리카가 알고 있는 것과는 달랐다. 처음 예상했던 것처럼, 이곳은 에리카의 출신지와는 멀리 떨어진 곳인 것 같았다. 그럼에도 에리카는 책을 발견할 때마다 손으로 짚어가며 어떻게든 읽어보려고 노력했다. 아무도 듣지 않는 이야기, 아무도 응답하지 않는 목소리. 에리카는 계속 읽었다. 인간이 남긴 언어를 지키는 것이, 그것을 계속 사용하는 것이 자신이 해야 할 일처럼 느껴졌다. 이해하지 못해도 좋았다. 읽는 법이 틀려도 좋았다. 중요한 건 말하는 것, 글자를 따라가며 소리 내어 읽는다는 것이었다. 그 행위 자체가 의미를 갖고 있었다.

낮이 되면 가장 먼저 두 번째 캡슐이 있는 곳으로 갔다. 이제 내부가 더 이상 밀폐되어 있지 않은 만큼, 여인의 유해는 천천히 자연의 일부로 되돌아갈 것이다. 에리카는 캡슐에 기대앉아 언제 자기 곁을 떠날지 모르는 여인에게 매일 아침 말을 걸었다.

"밤에 이상한 새소리를 들었어. 퍼덕이는 날개 소리가 들리지 않았다면 새가 아니라 괴물 원숭이라고 생각했을 거야. 아침에 소리가 난 곳 주변에 보니까 커다란 부리로 쪼아 먹은 것 같은 과일이 떨어져 있던데, 다행이 초식 새인가 봐. 덕분에 먹을 수 있는 과일도 새로 하나 확인했고. 여전히 소화는 잘 안되지만."

"벽돌 하나 올리는 데 하루가 걸렸어. 이건 미친 짓이야. 절대 끝낼 수 없을 거 같아. 그러나 어쩌겠어."

"가끔은 고기가 먹고 싶기도 해. 곤충을 먹을 용기는 아직 없고."

"그리고 조그마한 개울 하나를 발견했어. 나한테 이 시대의 물속 미생물에 대한 면역이 있을까 걱정하면서 마셔봤는데, 아직까진 괜찮은 것 같아."

"당신이 깨어났을 때도 이 숲이 있었을까? 그땐 저 건물이 좀 더 멀쩡했을까? 우리가 같이 깨어났다면⋯⋯."

"오늘은 벽을 세우다가 오래된 기둥 하나를 찾았어. 내 손으로 올린 벽돌보다, 그 오래된 기둥이 더 오래갈지도 모르지. 우습지 않아? 내가 아무리 유적을 복원한다며 난리를 피워도, 결국 다 무너질 텐데."

"그래도 가끔은, 당신이 대답을 해줬으면 좋겠어. 말이 아니라도 좋아. 낡은 부품이나 나뭇잎을 떨어뜨려서라도."

언제나 에리카는 아무 대답도 듣지 못하고 다시 유적지로 향했다. 가장 큰 건물 앞에 서서 평범한 주거지였는지, 공공기관이었는지, 도서관이나 서점이었는지 알 수 없는 건물을 바라보며, 그 건물이 살아 있었을 시절의 모습을 상상했다. 바람에 씻긴 콘크리트 돌무더기들, 뼈처럼 뻗어 나온 철근과 강철 빔, 균열이 가고 무너진 건축물들. 그 사이에서 에리카는 허물어진 벽돌을 하나씩 다시 쌓았다. 부서진 파편을 정리하고, 낡은 문짝을 붙잡아 본래의 자리에 세우려고 애썼다. 부서진 철판으로 만든 도끼로 나무를 깎아 불안한 천장을 지탱하는 기둥을 만들기도 했다. 때로는 작업을 멈추고 손바닥을 바라봤다. 상처투성이였다. 땀과 돌가루가 섞여 끈적하고 더러운 때가 가득 묻어 있었다. 쉽지 않았다. 부서진 돌들은 조각난 퍼즐처럼 잘 들어맞지 않았고, 무거운 구조물들은 혼자의 힘으로 움직이기에 벅찼다. 종종 무너진 천장 밑에 웅크리고 앉아 하늘을 바라보았다. 이 끝없는 작업을 이어가는 것이 의미가 있을까? 언젠가 바람과 비가 다시 모든 것을 무너뜨릴 터인데. 인간이 사라진 곳에서 인간의 흔적을 남기는 것이 과연 무슨 의미가 있을까?

에리카는 그럴 때마다 건물 바깥으로 나와 조금씩 달라진 모습을 확인했다. 중요한 것은 복원의 완성이 아니었다. 건물 전체를 되살릴 수 없다 해도, 무너진 돌 하나라도 다시 올리는 것이 중요했다. 이 작업을 끝낼 수 있을지는 중요하지 않았다. 적어도 지금, 그녀는 인류의 문화 속에서 살아가고 있었다. 스스로를 인간으로 인식하며, 인간이 쌓아 올린 것들을 이어가고 있었다. 그 사실이 중요했다. 혼자가 되었지만, 인간이 남긴 것들을 지키며 살아간다는 것. 그것이 모든 이유였다.

"건물 바닥을 밟았다가 커다란 구멍이 생기면 거기에 빠져 버리는 거야. 그리곤 평생 거기서 빠져나오지 못하는 거지. 거기서 평생이라면, 대충 며칠 정도려나……."

두 번째 캡슐 앞에서 그런 말을 하고 돌아온 지 얼마 되지 않았을 때였다. 에리카가 한때 창고로 쓰였을 것 같은 넓은 공간에 쌓여 있는 잔해를 치우고 있을 때, 갑자기 바닥이 폭삭 주저앉았다. 심장이 터질 만큼 깜짝 놀랐지만, 다행히 바닥은 이중으로 되어 있었다. 무너진 바닥 아래 30센티미터 정도 되는 곳에 새롭고 단단한 바닥이 있었다.

'왜 바닥 밑에 다른 바닥이 있는 거지?'

무너진 바닥의 파편을 하나씩 치우자 새로운 바닥에 마치 맨홀 뚜껑처럼 보이는 부분이 있었다. 주변에서 철근을 하나 가져와 살짝 깨진 맨홀 뚜껑 가장자리에 꽂아 넣고 힘껏 누르자, 맨홀 뚜껑이 무거운 소리를 내며 움직였다. 제법 두꺼웠기 때문에 완전히 치워버리는 데는 생각보다 시간이 오래 걸렸다.

맨홀 뚜껑 아래에는 어둠 너머로 이어지는 통로와 사다리가 있었다.

'지하실인가. 무엇이 있기에 맨홀 뚜껑으로……'

에리카는 손전등을 들고 조심스럽게 구멍 아래로 내려갔다. 짤막한 통로를 지나자 다시 아래로 이어지는 계단이 나타났다. 위쪽에 비해 비교적 온전한 상태였다. 벽에는 부식된 금속판과 낡은 안내 표지판 같은 것들이 덕지덕지 붙어 있었지만, 발음을 어림짐작하며 읽어봐도 무슨 뜻인지는 알 수 없었다. 계단 난간에는 손때 묻은 흔적이 희미하게 남아 있었다.

계단이 끝나자 의문스러운 문이 나타났다. 반쯤 열린 문 너머에는 새로운 공간이 있었다. 바닥에는 먼지가 두텁게 쌓여 있었지만, 위쪽에서 볼 수 있는 것과는 종류가 달랐다. 한쪽에는 무너진 선반이 어지러이 흩어져 있고, 선반 위에 놓여 있던 책들은 죽어버린 곰팡이로 뒤덮여 거의 알아볼 수 없었다. 에리카는 벽에 붙어 있는 오래된 서랍장을 발견하고 서랍을 열었다. 안에는 부식된 깡통과 원래 모습을 상상하기 어려운 상한 음식물, 낡은 숟가락이 있었다. 손전등으로 공간을 차례로 비출 때마다 허름한 옷가지와 신발, 바닥에 떨어진 고장난 시계 따위가 보였다.

누군가가 여기에 살았다. 여기에서 살아남으려고 했다. 옥상으로 향하는 계단을 오르내리며 '구원'을 바랐던 그 사람일까? 여기서 얼마나 오래 살았을까? 에리카가 잠들고 난 후에도 사람들은 한동안 세상을 살았다. 버텼다. 지상은 점점 황폐해졌고, 결국 지하로 숨어들어야만 했던 것일지도 모른다.

그렇게 끝이 찾아왔다.

*

더 깊은 지하로 이어지는 통로 끝에 있는 문을 열자, 안쪽에 대피소 같은 공간이 나타났다. 두꺼운 문과 벽으로 비교적 밀폐된 구조였지만, 오랜 시간이 지나면서 공기는 평범한 지하실처럼 탁하게 변해 있었다. 그곳에서 에리카는 바닥에 남아 있는 사람들의 흔적을 보았다.

뼈. 사람의 뼈였다. 오랜 시간 속에서 서서히 부서져왔지만, 사람이었다는 걸 알아볼 수 있을 만큼의 형태는 남아 있었다. 필사적으로 문을 막으려고 했던 것처럼 문에 몸을 기대고 쓰러져 있었다. 대피소 안쪽에도 여러 개의 뼈가 흩어져 있었다. 여러 명이 뭉쳐 있는 곳도 있었다. 한쪽 구석에는 아기를 안고 있는 듯한 모습의 유골도 남아 있었다. 시간이 지나며 부서진 뼈 위로 먼지가 덮이고, 그 위로 다시 시간이 내려앉았다. 바닥에 쌓인 먼지는 어쩌면 바스러진 살의 파편일지도 몰랐다. 에리카는 천천히 걸음을 옮겼다. 손전등 불빛이 천천히 벽을 타고 올라가며, 긴 세월 동안 어둠 속에 묻혀 있던 기록들을 드러냈다. 낙서처럼 휘갈긴 글씨. 필사적인 말. 마지막 순간을 남기려 했던 손길. 에리카는 발음을 짐작하며 읽어봤지만, 의미는 알 수 없었다. 어느 나라 말인 걸까? 의미를 알 수 있었다면 과연 제정신을 유지할 수 있었을까? 오히려 다행이라는 생각도 들었다.

지상에서는 무슨 일이 있었고, 이곳에서 또 무슨 일이 있었을까? 이 사람들은 무엇으로부터 도망쳤고, 이곳에서 무엇을 기다리고 있었던 걸까? 구조? 구원? 그저 죽지 않기 위해 발버둥 치고 있었던 걸까? 그 대답이 무엇이든 간에, 결국 모두 이곳에서 마지막 순간을 맞이했다.

에리카는 손전등을 끄고 짙은 어둠에 몸을 담갔다. 모든 게 심연 속으로 사라졌다. 손전등을 켜자 인류의 마지막 순간이 다시 모습을 드러냈다.

'당신들은 여기에 있었어.'

이 사실을 확인하는 역할이 자신에게 주어진 것만 같았다. 이 거대한 문명의 종말 이후를 목격하는 유일한 사람. 인간 사회의 바깥에서 인류의 마지막을 담담하게 목도하는 역할. 에리카는 마치 어떤 외부의 존재가 된 것만 같은 느낌이었다. 여전히 인간이지만 인간 세상 바깥에 서 있는, 마치 날개 없는 사무직 천사라도 된 기분이었다. 묘한 의무감이 생겨나기 시작했다. 에리카는 시간을 들여 대피소를 구석구석 살폈다. 모든 것을 기억에 담았다. 누군가에게 보고할 것도 아니고, 누군가 다시 이곳에 돌아오지도 않을 것이다. 하지만 이상하게도, 그렇게 하지 않으면 안 될 것 같았다.

마지막 순간까지 이곳에 있었던 이들을 기억하는 것. 이제 아무도 기억하지 않을 인간 사회의 마지막을, 누군가는 잠시라도 더 오랫동안 기억해야 했다. 그리고 에리카가 이곳에 있었다. 에리카는 조금 덜 외로워졌다.

동물

 유적지 주변은 생명으로 가득했다. 잡초와 덩굴이 건물 잔해를 타고 오르고, 나무들은 틈새를 비집고 자라나 유적지를 삼키고 있었다. 새들은 폐허 위를 날아다니며 둥지를 짓고, 작은 포유류들은 오래된 파이프와 균열 사이를 뛰어다녔다. 밤이면 낯선 울음소리가 퍼지고, 낮에는 바람에 실려 온 짐승들의 발소리가 곳곳에서 들려왔다. 에리카는 직접 만든 공구를 들고 건물 2층에 있는 닫힌 문 앞에 섰다. 열어보려고 여러 번 시도했지만 열리지 않았다. 그래서 아예 문을 부수고 들어가기로 작정을 했다. 문이야 새로 달면 되는 거니까. 건물의 관리실처럼 보이는 곳이었기에 운이 좋으면 건물의 원래 모습이 담긴 자료를 찾을 수 있을지도 몰랐다. 단단하게 고정된 경첩을 부수는 건 쉽지 않았지만 그다음에 문을 벽에서 떼어내는 건 그리 어렵지 않았다. 떨어져 나온 문을 옆에 있는 벽에 조심스럽게 세워두고 안으로 들어가자 녹슨 철제 캐비닛과 책상이 가득한 작은 방이 나타났다.

그리고 캐비닛과 문 사이에는 마른 나뭇가지와 잎으로 만들어진 커다란 둥지가 있었다. 가장 밑에 쌓여 있는 것들을 보면 수년, 아니 수십 년 동안 쓰고 있는 보금자리 같았다. 에리카는 조심스럽게 둥지 안을 들여다봤다. 타조알의 절반 정도 되는 크기의 알 세 개가 있었다. 밤마다 미친 원숭이처럼 울부짖는 새의 알일지도 몰랐다. 새가 먹다 버린 과일 근처에 떨어져 있던 것과 비슷한 깃털을 둥지 곳곳에서 볼 수 있었다. 캐비닛에 접근하기 위해서는 둥지를 가로질러 가야만 했다. 하지만 알이 있는 곳을 밟고 가지 않을 방법은 없었다. 다른 동물의 체취가 묻은 알은 어미 새가 본능적으로 버리게 된다는 말을 들은 기억이 났다. 다큐멘터리에서 봤을지도. 숲에 들어오기 전, 어떤 야생동물에게 먹힐 뻔한 기억이 에리카의 머릿속에 떠올랐다. 에리카는 가만히 눈을 감았다. 자연도 인간 사회도 다른 동물을 희생하며 돌아가기 마련이다. 그렇게 생각하며 에리카는 다시 눈을 뜨고 둥지 위로 올라갔다. 어미 새가

동물 63

오지는 않는지 귀를 기울이면서 한 걸음씩 둥지 가운데를 가로질렀다.

에리카는 알들 곁을 지나며 말했다.

"가까이 오지 마. 거기서 가만히 기다려."

둥지 바닥이 에리카의 발걸음에 따라 부스럭거리며 흔들렸고, 알들도 기우뚱거렸다. 에리카는 그럴 때마다 발걸음을 잠시 늦췄지만, 멈추지는 않았다. 하지만 캐비닛은 에리카의 노력에 보상해주지 않았다. 캐비닛을 열어봤지만 그 속에는 펜과 노트 같은 문구밖에 없었다. 그마저도 모두 곰팡이로 뒤덮이거나 바싹 말라서 부스러지기 직전이었다. 펜은 나오는 게 하나도 없었다. 허무감과 함께 허기가 몰려왔다. 에리카는 오늘은 그만 쉬기로 했다.

다시 둥지를 가로지르고 있을 때, 미친 원숭이처럼 울부짖는 새소리가 들렸다. 어미 새가 돌아온 걸까? 에리카는 발걸음을 서둘렀다. 그러다 헛발질을 하며 다리가 꼬였고, 둥지 가운데로 쓰러지고 말았다. 그리고 에리카의 팔꿈치가 알 하나에 부딪혔다. 가까이서 날갯소리가 들리자 에리카는 자기도 모르게 자신이 부딪힌 알을 품에 안고 둥지 바깥으로 허겁지겁 빠져나왔다. 뜯어버린 문을 다시 되돌려놓을 여유도 없이, 에리카는 건물 바깥으로 빠져나와 직접 만든 집으로 몸을 숨졌다.

에리카는 가져온 알을 물끄러미 바라보며 말했다.

"여기서 새끼가 나오면 나를 엄마라고 생각할까?"

그렇게라도 진짜 살아 있는 말동무를 만들어야 할까? 죽었지만 여전히 사람인 두 번째 캡슐의 여인과, 사람은 아니지만 살아 있는 미친 원숭이처럼 울부짖는 새의 새끼. 헛웃음이 나왔다. 이 둘을 비교하고 있다니. 애초에 고민할 가치가 없었다. 알은 에리카의 팔꿈치가 부딪힌 곳이 이미 살짝 깨진 상태였다.

"미안해. 하지만 내게도 질 좋은 단백질이 필요하거든."

에리카는 돌과 철판을 이용해 간단한 화로와 작은 프라이팬을 만들었다. 알의 윗부분을 조심스럽게 깨서 벗긴 다음, 뜨거워진 프라이팬에 내용물을 조금씩 흘려 넣었다. 기름이 없어 잔뜩 눌어붙고 대부분 검게 타버렸지만, 그럴수록 오히려 군침 도는 고소한 냄새가 진하게 퍼졌다. 알 하나로 프라이팬 다섯 개 분량의 새알프라이를 만들 수 있었다. 처음에는 마지막 두 개를 비축해두려고 했지만 끓어오르는 입맛을 참지 못하고 모두 먹어버렸다. 입안에 기름기가 도는 것이 도대체 얼마 만인가! 에리카는 간만에 배를 잔뜩 채우고 침대에서 곤히 낮잠을 잤다.

*

어디선가 들려오는 거친 숨소리에 에리카는 잠에서 깼다. 눈을 뜨지는 않았다. 숨소리가 가까운 곳에서 움직이고 있었다. 소리의 움직임이 느려지다가 멈추자, 에리카는 천천히 눈을 떴다. 크고 검은 그림자 하나가 시야를 가로막고 있었다.

곰을 닮은 동물이었다. 곰보다 털은 더 거칠고, 등에는 가느다란 가시가 여러 개 있었다. 마치 곰과 가시 두더지를 섞어놓은 느낌이었다. 가시 곰이라고 불러야 할까? 가시 곰은 에리카의 천막 안으로 들어와 쿵쿵거리며 무언가를 찾고 있었다. 주변에 새알프라이 냄새가 아직 남아 있었다. 냄새를 맡고 온 것이다. 저 가시 곰은 지금 배가 고프다. 에리카는 새알프라이를 남겨두지 않은 것을 후회했다. 그게 있었더라면 가시 곰이 먹고 사라졌을지도 모를 일이었다. 하지만 지금 천막 안에는 먹을 게 없었다. 가시 곰이 에리카를 먹잇감으로 생각하지만 않는다면, 거기에 희망을 걸 수 있었다.

에리카는 천천히 침대에서 내려왔다. 소리 내지 않기 위해 몸을 최대한 움츠리고 발 디딜 곳을 살피며 움직였다. 가시 곰의 숨소리가 방향을 바꾸지는 않는지 귀도 기울였다. 천막 입구로 다가가자 가시 곰의 발자국이 선명하게 남아 있었다. 보기보다 체중이 무거운 것 같았다. 앞발을 휘두르는 것만으로도 사람의 몸을 두 동강 내기에는 충분해 보였다. 천막 입구 옆에는 직접 만든 도끼가 있었다. 에리카는 도끼를 살며시 들어 올렸다. 부디 쓸 일이 없기를 바라면서.

공기를 가르는 소리. 에리카는 반사적으로 바닥에 엎드리기 위해 몸을 숙였다. 날카로운 발톱이 옷자락을 스쳤다. 에리카는 재빨리 네발로 기어서 천막 바깥으로 빠져나갔다. 가시 곰의 앞발이 천막 지지대를 치면서 천막이 가시 곰의 몸을 덮쳤다. 가시 곰은 얼굴을 덮은 천막을 걷어내기 위해 발버둥 치면서 기괴한 소리로 울부짖었다. 에리카는 건물 입구를 향해 뛰었다. 뒤돌아보지는 않았지만 묵직한 발걸음 소리로 천막에서 탈출한 가시 곰이 쫓아오고 있다는 걸 알 수 있었다.

에리카는 건물로 들어가 가장 어두운 구석에 있는 방에 몸을 숨겼다. 벽에 있는 자그만 창문으로 고개를 슬쩍 내밀어 살피니, 가시 곰도 건물 안에 들어와 어슬렁거리고 있었다. 이곳에 처음 들어온 게 아닌 듯 제법 익숙하게 이곳저곳을 살피고 있었다. 가시 곰이 거칠게 숨을 내쉴 때마다 등에서 솟아난 가시가 싸울 준비라도 하는 것처럼 오르락내리락했다. 에리카는 가시의 용도가 문득 궁금해졌다. 덩치로 봐서는 숲의 지배자일 것 같은데, 왜 등에 가시가 있는 걸까? 가시두더지 같은 동물이 세월 속에서 거대화를 겪은 걸지도. 덩치가 커지면서 가시로 몸을 지킬 일은 없어졌지만, 있어도 불편하지는 않거나 짝짓기 경쟁에서 쓸모가 있어서 그대로 남은 것일 수도 있었다. 그러니까 저 녀석도 그냥 짐승이었다.

비록 커다란 새의 알일 뿐이지만, 깨어나서 처음으로 다른 동물의 일부를 불로 요리해서 먹었기 때문일지도 몰랐다. 에리카는 호모사피엔스로서가 아니라, 인간으로서 저 가시 곰을 죽일 수 있을 거라는 생각이 들었다. 에리카에게는 도구와 지능, 지식, 문화가 있었다. 도끼를 잡은 손에 힘이 들어갔다. 에리카는 머릿속으로 동선을 떠올렸다. 자신의 속도와 가시 곰의 속도도 침착하게 되짚으며 비교했다. 충분히 가능했다. 에리카는 가시 곰이 있는 곳으로 다가갔다.

"어이, 가시 곰!"

가시 곰이 화들짝 놀라며 고개를 돌렸다. 먹잇감이 먼저 소리 치며 부르는 경험은 처음일 터였다. 가시 곰은 에리카를 확인하자마자 곧장 뛰어오기 시작했다. 에리카는 가시 곰이 달려오는 속도를 살피며 함께 뛰었다. 가시 곰이 훨씬 빠르기 때문에 잡히기 전에 목적지로 도망쳐야했다.

에리카는 2층으로 올라갔다. 가시 곰도 계단을 제대로 오르는 것을 확인하고는 어제까지 보수 작업을 하던 곳으로 향했다. 바닥과 천장이 갈라지고 무너져서 나무를 깎아 만든 기둥으로 어설프게나마 복구시켜둔 방이었다. 에리카는 그 방으로 들어가 가시 곰이 오기를 기다렸다. 그리고 구석에 있는, 파편을 찾지 못해 막아두지 못한 바닥의 구멍을 확인했다. 구멍은 1층으로 이어져 있었다. 가시 곰은 복도를 따라 어슬렁거리며 사라진 에리카를 찾고 있었다. 에리카가 벽을 두드리며 힌트를 주자 가시 곰은 금세 다시 달리기 시작했고, 곧 에리카가 있는 방을 발견했다.

"들어와, 들어와."

가시 곰이 울부짖으며 방으로 달려 들어오자, 에리카는 바닥에 있는 구멍으로 뛰어내렸다. 1층 바닥에 떨어지며 엎어졌지만 재빨리 일어났다. 그러고는 도끼를 휘둘러 1층 천장, 그러니까 2층 바닥을 지지하고 있던 나무 기둥을 부수고 쓰러뜨렸다. 그러자 2층 바닥이 아래로 무너져 내리며 가시 곰이 돌무더기와 함께 1층으로 떨어졌다. 그리고 2층에 있던 나무 기둥도 함께 떨어지면서, 3층 천장의 커다란 조각들이 먼지구름을 일으키며 가시 곰 위로 사정없이 떨어졌다. 무거운 콘크리트 덩어리 하나가 가시 곰의 허리를 치자, 가시 곰은 2층 천장 파편 위로 엎어졌고, 그 위로 콘크리트 돌무더기가 쌓였다. 에리카는 도끼를 치켜들고 가시 곰의 머리로 다가갔다. 가시 곰이 잔뜩 화가 나 있을 것이라고 생각했지만, 회색 먼지로 뒤덮인 가시 곰은 애처로운 눈빛으로 에리카를 바라보며 가느다란 신음을 낼 뿐이었다. 가시 곰의 숨통을 끊어야 하나 망설였다. 끊을 수밖에 없지만 그래도 고민했다. 문득 그 고민이 자신을 더 인간답게 만들어준다는 생각이 들었다. 고민이 그리 길어질 수는 없었다. 에리카는 도끼를 휘두르며 말했다.

"난 자연의 일부도, 그리고 먹이사슬의 일부도 아니야."

가시 곰이 마지막 숨을 뱉었다.

"나는……."

에리카는 말을 잇지 못했다. 머릿속에서는 문명인이라거나 인간 사회의 마지막 증거라거나, 그럴듯한 표현들이 떠올랐다. 그러나 그걸 입 밖으로 내뱉는 순간, 모두 헛소리에 불과하다는 걸 스스로 깨닫게 될 것 같았다. 머릿속에 있을 때는 그저 막연한 개념일 뿐이었다. 그 정도라면 충분히 스스로 속아 넘어갈 수 있었다. 그래야 계속 살아갈 수 있었다. 생각을 다른 곳으로 돌려야 했다.

'맞아, 당분간 고기 걱정은 없을 거야.'

에리카는 가시 곰의 가시 몇 개를 살폈다. 제법 날카롭고 단단했다.

'사냥 도구도 만들 수 있겠어.'

*

그날 밤, 에리카는 옥상에 올라가 처녀자리 성운을 바라봤다. 성운은 맑은 날 밤이면 언제나 옥상을 비추며 떠올랐다. 나무 아래 숲에서 살아가는 동물들은 저 성운의 존재를 알고는 있을까? 지금까지 숲의 나무 천장 위로 돌아다니는 동물을 보지 못했다. 어쩌면 적어도 숲에서만큼은 성운의 존재를 알고 있는 건 에리카 자신밖에 없을지도 모른다는 생각이 들었다.

에리카는 성운과 눈을 마주쳤다. 성운이 자신을 지켜보고 있는 건지, 아니면 자신보다, 지구보다 더 먼 곳에 있는 다른 것을 지켜보고 있는 건지 알 수 없었다.

'성운은 내게 관심이 있기는 한 걸까?'

에리카는 잘 구워진 가시 곰의 목살을 먹으며 생각했다.

"보거나 말거나."

에리카는 입에 묻은 기름기를 닦았다.

"그래, 보거나 말거나."

우주의 관심 따위, 이제 아무래도 좋았다.

켄티펀트

　에리카는 숲의 동물들과 살아가는 데 제법 익숙해졌다. 숲의 소리는 이제 낯설지 않았다. 어떤 소리가 어느 동물에게서 나오는지 대충 구별할 수 있게 되었다. 새벽이면 나무 위에서 크고 작은 새들이 기묘하지만 조화로운 음색으로 지저귀고, 낮에는 곤충들이 풀숲을 헤치며 바쁘게 돌아다니고 날아다녔다. 미친 원숭이처럼 울부짖는 새는 주로 저녁에 나무 위를 돌아다니며 과일을 따 먹었다. 밤에는 어떤 생물로 분류해야 할지 알 수 없는 주먹만 한 외골격 생명체가 바닥을 기어다니며 떨어진 잎과 열매를 먹었고, 해가 뜨면 나무 밑에 있는 구멍으로 사라졌다.

에리카가 무심코 알을 훔쳤던 둥지의 주인은 결국 알을 버리고 돌아오지 않았다. 알은 일단 내버려뒀지만 결국 부화하지 않았는데, 어느 날 다른 동물이 가져간 듯 사라지고 없었다. 가시 곰은 단독생활을 했는지, 가족이 복수하러 오는 일은 없었다. 죽은 가시 곰의 흔적은 이제 거의 사라지고 없었다. 에리카는 가시 곰의 가시와 뼈를 모아 덫과 공구, 화살촉을 만들었다. 가시는 생각보다 훨씬 단단하고 날카로워서 적당한 길이로 제법 쓸 만한 사냥 도구가 되었다. 가시 곰의 가죽으로 만든 옷 덕분에 깨어난 이후 한 번도 갈아입지 못한 옷을 벗을 수 있었지만, 가장 편한 건 인간의 공장에서 만들어진 옷이었기에 결국 다시 원래 옷으로 돌아왔다. 때 묻은 옷을 깨끗하게 씻고 말리는 동안에는 가시 곰 가죽옷 덕분에 발가벗지 않고 있을 수 있었다. 가시든 가죽이든 자르고 다듬는 일은 상당히 번거로웠지만, 손에 익고 나니 가시 곰의 유산은 에리카에게 꽤나 유용한 자원이 되어주었다. 덕분에 여분의 배낭이나 신발, 방한용 망토도 만들 수 있었다.

가장 무난한 사냥감은 숲속을 빠르게 뛰어다니는 닭 크기의 동물이었는데, 얼핏 보면 토끼와 닮았지만 결코 토끼는 아니었다. 털에는 호랑이와 표범을 섞은 것 같은 줄무늬가 희끗희끗 섞여 있고, 다리는 토끼보다 짧았지만 훨씬 빠르게 움직였다. 귀는 토끼처럼 길었지만 귀라기보다는 머리에 달린 팔처럼 움직였다. 그래서 토끼보다 훨씬 청각이 예민해 보였다. 덕분에 활 사용에 익숙해질 때까지는 덫을 이용해서만 잡을 수 있었다. 맛은 없었다.

  에리카가 켄티펀트를 처음 본 건 늦은 오후였다. 유적지 근처 새로 발견한 계곡에서 물을 뜨고 있는데, 계곡 건너편에서 기묘한 형체가 어른거렸다. 처음에는 그저 착각이라고 생각했다. 바람에 나뭇가지가 흔들린 것일 수도 있고, 작은 동물이 지나간 것일 수도 있었다. 다시 무언가 움직이는 것을 확인하고 자세히 보니 그때까지는 본 적 없는 새로운 동물이었다.

  처음 마주친 개체는 어른 사람의 크기보다 약간 작았다. 전체적인 체형은 길고 가늘지만 튼튼한 다리를 가진 조랑말과 닮아 있었다. 가장 이상한 것은 코끼리 얼굴을 닮은 머리였다. 코는 코끼리처럼 길지만 두 갈래로 갈라져 입 양쪽으로 팔처럼 길게 늘어져 있고, 그 끝은 다시 손가락처럼 세 갈래로 갈라져 있었다. 그리고 정말 팔과 손가락처럼 움직였다. 그래서 마치 얼굴에 팔이 달린 켄타우로스 같은 모습이었다. 기괴하다기보다는 우스꽝스러웠다. 얼굴에 달린 코 혹은 팔을 쓰는 모습을 보고 있으면 웃음이 나오기도 했다. 무엇보다 인간이 사라지고 고작 약 25000년 만에 저렇게 기묘한 동물이 탄생할 수 있다는 게 신기하기 그지없었다. 진화의 속도는 에리카의 생각보다 빠를지도 몰랐다.

켄티펀트가 에리카의 존재를 느낀 듯 주변을 두리번거리자 에리카는 바위 뒤로 몸을 숨겼다. 켄티펀트는 다시 하던 일을 계속했다. 고개를 숙이고 바닥에 굴러다니는 돌조각들을 코의 손가락으로 만져보며 이리저리 살펴보고 있었다. 에리카는 켄티펀트가 돌조각들을 분류하고 있다는 걸 깨달았다. 한쪽은 평범한 자갈이었다. 다른 한쪽은 건물에서 떨어져 나온 콘크리트 조각. 그러니까 인공물이었다. 거기서 끝나지 않았다. 콘크리트 조각을 유심히 살피더니 다시 분류를 시작했다. 크기와 모양에 따라 배열했다. 그러고는 잠시 고민하더니 두 개를 양손, 아니 양 코로 집어 들고는 몇 걸음 옆으로 이동했다.

에리카는 놀랄 수밖에 없었다. 켄티펀트는 그곳에서 콘크리트 조각을 원래 모습대로 이어 붙이고 있었다. 건물 바닥인지 석판인지는 알 수 없지만, 켄티펀트는 분명 그 구조물의 원래 모습을 상상하며 복원하고 있었다. 새로 가져온 조각을 끼워 넣어보고 잘 들어가지 않자 다른 조각들의 간격을 살짝 벌려 공간을 만든 다음 다시 시도했다. 그러자 정확하게 맞아 들어갔다. 켄티펀트는 신난다는 듯 그 자리에서 폴짝폴짝 뛰었다. 순수한 기쁨으로 가득 찬 동작에 에리카는 자기도 모르게 웃음소리를 내고 말았다. 서둘러 입을 막아보았지만, 이미 퍼져나간 소리를 붙잡을 수는 없었다.

켄티펀트의 동작이 멈췄다. 그리고 건너편 더 깊은 곳에 숨어 있던 다른 켄티펀트들이 나타났다. 모두 덩치가 처음 녀석보다 더 컸다. 그들은 에리카가 있는 곳을 정확하게 노려봤다. 숨어있어봤자 의미가 없을 것 같아 바위 위로 모습을 드러냈다. 그리고 해를 끼칠 생각이 없다는 걸 보여주기 위해 빈손을 드러내며 천천히 뒤로 물러섰다. 켄티펀트는 에리카가 완전히 시야에서 사라질 때까지 한 발짝도 움직이지 않았다.

며칠 후에는 건물 주변에서 켄티펀트와 조우했다. 다행히 이번에는 건물 상층부 창문에서 내려다볼 수 있었기 때문에 에리카는 놈들에게 들키지 않고 살펴볼 수 있었다. 세 마리가 유적지를 돌아다니고 있는데 조각을 맞추던 녀석은 없었다. 놈들은 무언가를 찾고 있는 것처럼 구석구석을 살폈다. 그러다가 에리카의 천막을 발견했다. 그곳엔 가시 곰 가죽으로 만든 카펫과 침대, 활과 화살, 덫 그리고 말린 고기를 올려둔 테이블이 있었다. 집을 발견한 켄티펀트가 독특한 소리를 내며 일행을 불렀다.

에리카는 켄티펀트에게 말했다.

"제발 그대로 둬. 아무것도 건들지 마."

머리가 좋은 동물이 자신의 안락한 집에 들어가는 모습을 보니 에리카는 묘하게 불쾌했다. 하지만 지금은 일단 가만히 지켜볼 수밖에 없었다. 다행히 켄티펀트들은 그대로 천막을 빠져나왔고 곧 어디론가 사라졌다. 에리카는 천막으로 돌아가 물건들을 확인해봤지만, 사라진 건 없었다.

*

문제는 그다음 날 일어났다. 건물에서 들린 요란한 소리에 아침 일찍 잠을 깬 에리카는 작업 중이던 벽이 무너졌나 싶어 눈을 비비며 건물 쪽으로 걸어갔다. 그런데 입구가 완전히 무너져 내려 있었다.

"뭐야, 이게?"

에리카는 당황하며 창문을 통해 건물 안으로 들어갔다. 내부는 더 절망적이었다. 에리카가 그동안 필사적으로 복원했던 벽과 바닥과 천장이 대부분 다시 무너져 있었다. 에리카가 만들어둔 공구들도 망가진 채 여기저기 널브러져 있었다. 에리카는 허겁지겁 2층으로 올라갔다. 2층도 마찬가지였다. 사다리 없이 올라가기 어려운 3층 위쪽은 무사하다는 게 그나마 다행이었다. 범인을 짐작하는 건 어렵지 않았다. 바닥에 쌓인 먼지 위로 큰 보폭의 네발 동물이 남긴 발자국이 남아 있었다. 에리카의 집에 침입했던 켄티펀트 세 마리.

에리카는 작업용 나무 테이블을 걷어차며 소리 질렀다.

"망할 돌연변이 코끼리 새끼들!"

그 녀석들은 에리카가 자고 있는 곳은 알면서도 덮치지 않았다. 에리카의 작업장만 의도적으로 망가뜨렸다. 이대로 떠나면 해치지는 않겠다는 친절한 위협이었다. 아무래도 이 숲에 자연의 본능적 일원이 되기를 거부하는 전략적이고 지적인 존재가 더 있는 것 같았다.

켄티펀트들이 단순히 영역을 지키기 위해 이러는 것 같지는 않았다. 놈들은 유적지 주변에 살지도 않았다. 계곡에서 처음 마주치기 전까지, 켄티펀트는 에리카가 있는 쪽으로 건너오지도 않았다. 에리카가 오기 전까지 이곳은 그들에게 아무 의미 없는 폐허였고, 놈들은 계곡 너머의 자기들 영역에서 조용히 살아가고 있었다. 유적지에 에리카가 있다는 걸 알자마자, 에리카가 유적지에서 무언가를 만들고 과거의 건물을 복원하고 사라진 인류의 문화를 다시 불러내려 하는 것을 보자마자 태도를 바꿨다. 켄티펀트들은 자신들의 터전이 침범당해서 그러는 것이 아니었다. 녀석들은 자신들이 존재해 온 방식이 위협받고 있다고 느끼고 있었다.

에리카 자신도 이런 위협을 받고 가만있을 생각이 없었다. 적어도 놈들이 다시 유적지로 오는 일은 없도록 만들어야 했다. 다음 날부터 에리카는 매일 켄티펀트를 처음 목격했던 계곡으로 가서 보란 듯이 물을 길어 왔다. 건너편 수풀에서 무언가 움직이는 소리가 들리기도 했지만 무시했다. 한번은 처음 봤던 켄티펀트가 슬쩍 고개를 내밀기도 했다. 크기가 작았기 때문에 금방 알아볼 수 있었다. 아무래도 어린 개체 같았다. 그래서인지 아직은 경계심보다는 호기심이 많아 보였다. 그리곤 금새 수풀 속 어둠 너머로 모습을 감췄다.

에리카는 며칠 동안 유적지 바깥으로 조금씩 더 멀리 나아갔다. 그리고 곳곳에 간이 숙소를 만들고, 간단한 작업대를 설치했다. 그곳에서 잠을 자거나 어떤 작업을 하지는 않았다. 켄티펀트들이 유적지에 찾아오는 이유가 그곳에서의 활동 때문이라면, 녀석들이 유적 밖에서도 같은 태도를 보일지 확인하고 싶었다. 그러는 동안, 유적지에서는 본격적인 복구 활동은 잠시 멈추고 부서진 도구와 작업장을 수리했다. 그리고 하루이틀 정도가 지나면 켄티펀트들이 찾아와 부수거나 일부를 훔쳐 갔다.

*

새로운 간이 숙소를 만들어두기 위해 깊은 숲까지 들어간 어느 날, 에리카는 바위 언덕 아래에서 무언가 반짝이는 것을 발견했다. 가까이 다가가서 보니 커다란 일자 드라이버였다. 어떤 소재로 만들었는지는 몰라도 손잡이 근처에 아주 약간 녹슬었을 뿐, 거의 멀쩡한 상태였다. 게다가 가볍기까지 했다. 주변을 살펴보니 나사 몇 개도 떨어져 있었다. 어쩌면 근처에 더 많은 물건이 있을지도 몰랐다. 에리카가 언덕 반대편으로 가기 위해 바위 옆으로 발걸음을 옮겼을 때, 무언가가 툭 끊어지는 소리가 들렸다. 익숙한 소리였다. 에리카는 당장 뒤로 뛰어올라 자리를 피했다. 얼마 지나지 않아 가시 곰의 가시가 박힌 갈퀴가 공기를 가르며 튀어나와 방금까지 에리카의 발이 있던 곳을 덮쳤다. 에리카가 만든 덫이었다. 이곳에 설치한 기억은 없었다.

"그놈들이……."

뒤에서 부스럭거리는 소리가 들렸다. 에리카는 잽싸게 활을 준비해 시위를 당기며 뒤로 돌아섰다. 활시위 끝이 향하는 곳에 덩치 큰 켄티펀트 한 마리가 있었다. 두 눈은 마치 에리카를 태워버릴 것처럼 노려보았고, 양쪽 손에는 에리카에게서 훔친 공구를 들고 있었다. 에리카는 언제부턴가 놈들의 코를 팔과 손으로 부르기로 했다. 곧이어 세 마리가 더 나타났다. 모두 에리카에게서 훔친 공구를 무기처럼 들고 있었다.

"네놈들이 나를 사냥하려고 했단 말이지."

일자 드라이버와 나사부터 덫, 그리고 매복까지. 녀석들은 에리카가 생각했던 것보다 훨씬 똑똑했다. 덫에 걸려 다리를 쓰지 못했다면 무력하게 당할 수밖에 없었다. 그러나 에리카도 그리 쉽게 당할 생각은 없었다. 잠시 긴장 상태를 유지하다가 가장 가까이 있는 켄티펀트 허벅지에 활을 쐈다. 에리카가 정말 쏠 거라고는 생각 못 하기라도 한 것처럼 놈들은 크게 당황했다. 에리카는 그 틈을 타고 옆 방향으로 달렸다. 곧이어 다른 켄티펀트들이 쫓아오는 소리가 들렸다.

놈들은 에리카를 한곳으로 몰아가려는 것처럼 보였다. 그럴 때마다 에리카는 정반대 방향으로 달리기 시작하며 놈들의 유도를 피했다. 그러다가 조금 전에 덫이 설치되어 있던 바위 언덕으로 돌아갔다. 바위 언덕의 경사면은 네발 동물이라면 오르기 어려울 정도로 가팔랐다. 에리카는 거친 숨을 몰아쉬며 힘겹게 경사면을 타고 올라 언덕 꼭대기에 이르렀다.

예상대로 켄티펀트는 가파른 경사면을 오르지 못했다. 몇 번 시도했지만 금방 떨어졌다. 한 마리는 천천히 옆으로 오르는 방법을 찾아낸 것처럼 보였지만, 너무 위험하다고 생각했는지 다시 아래로 뛰어내렸다. 고지를 차지한 에리카는 다시 활을 꺼내 놈들을 조준했다. 켄티펀트는 이제야 활이 어떤 물건인지 알게 되었다는 듯이 뒤로 물러섰다.

"좋은 생각이야. 물러서."

한 마리가 에리카의 활에 맞아 주저앉아 있던 다른 한 마리를 부축했다. 부상당한 켄티펀트가 팔을 친구의 목에 걸고 천천히 일어났다. 팔이 얼굴에 달려 있고 다리가 네 개라는 걸 빼면, 마치 전장을 걷는 군인처럼 보이기도 했다. 다급했다. 거기서 감동받을 여유는 없었다. 녀석들은 함정을 만들고 무장해서 몰려와 노려보며 공격했다. 켄티펀트들은 에리카를 증오하고 있었다. 단순히 에리카를 싫어하는 게 아니었다. 에리카가 복원하려는 인간의 과거와 문화를 싫어했다.

이건 단순한 생존이나 먹이사슬 속 경쟁의 문제가 아니었다. 사라져버린 고대문명의 생존자와 오랫동안 숲을 지배해온 원시 문명과의 충돌이었다. 문명과 문명의 충돌이었다. 숲은 두 문명이 지배하기에는 너무 좁았고, 놈들은 타협이나 조화의 대상이 아니었다. 에리카는 켄티펀트들을 숲에서, 적어도 유적지 주변에서는 완전히 몰아내기로 결심했다.

싸움

에리카는 계곡 주변을 오랫동안 관찰했다. 켄티펀트들이 얼마나 되는지, 어디를 주로 다니는지, 어떤 행동을 하는지 하나씩 확인했다. 그리고 마침내 결론 내릴 수 있었다. 서식지 주변을 돌아다니며 활동하는 개체는 많아야 열 마리 정도였다. 더 많은 개체가 있을 수도 있지만, 적어도 유적지 주변과 놈들이 드나드는 길목에서 확인할 수 있는 숫자는 그 정도였다. 그리고 그중에서도 적극적으로 에리카를 공격하는 건 네다섯 마리에 불과했다. 나머지는 경계하거나 두려움을 보였다.

나쁘지 않았다. 숫자가 많지 않다면, 한 마리씩 상대할 수 있었다. 혼자서 돌아다니는 일은 별로 없지만, 그래봤자 겨우 두세 마리 정도가 함께 다닐 뿐이었다. 더군다나 켄티펀트는 나무에 오를 수 없었다. 기동성에서도 분명 한계가 있었다. 무엇보다 달릴 때도 가속이 붙는 데 시간이 걸렸다. 그 시간을 이용하면 충분히 상대할 수 있었다.

첫 번째 목표는 혼자서 계곡 외곽을 다닐 때가 많은 켄티펀트였다. 이마 위에 머리카락처럼 옅은 털이 자란 녀석이었는데, 몸에 상처가 많고 피부도 많이 건조한 걸 보면 다른 녀석들보다 나이 많은 개체 같았다. 에리카는 높은 나뭇가지 위의 덤불 속에 매복하고 있다가 목표물이 나타나자 활을 조준하고 천천히 활시위를 당겼다. 거대한 두 개의 코가 나뭇잎을 헤집으며 먹이를 찾고 있었다. 열매 하나가 땅에 떨어져 켄티펀트가 고개를 숙인 순간, 에리카는 활을 쏘았다. 화살이 날아가 켄티펀트의 어깨에 깊숙이 박혔다. 날카로운 비명이 숲에 울려 퍼졌다.

늙은 켄티펀트는 흥분한 얼굴로 자신을 공격한 방향을 찾아 고개를 들었지만, 에리카는 이미 다른 나무로 몸을 날린 뒤였다. 켄티펀트는 나무 위의 적을 상대하는 법을 몰랐다. 코를 뻗어보기도 했지만 나무의 높은 곳까지 타고 올라 자라는 덤불에 닿을 수는 없었다. 머리 위에서 공격당하는 것에 대한 본능적인 두려움에 늙은 켄티펀트는 거친 숨을 내쉬며 왔던 길로 도망치기 시작했다. 에리카는 다시 활을 겨누었다. 이번엔 그 녀석이 가는 길 앞에 활이 박혔다. 그러자 이번엔 반대쪽으로 도망가기 시작했다. 서식지에서 멀어지는 방향이었다. 에리카는 활을 어깨에 메고 나무에서 뛰어내렸다. 피를 흘린 양을 보면 아마 곧 쓰러지고 눈을 감을 것이었다. 굳이 화살 하나를 더 박아 넣어 고통을 줄 필요는 없었다.

모든 켄티펀트가 화살 하나로 해결되지는 않았다. 다음 표적은 정반대였다. 허리에 화살이 박히고도 아무렇지도 않다는 듯 꿈쩍하지 않으면서 화살이 날아온 방향을 탐색했다. 그러고는 에리카를 발견하자마자 뒤로 몇 걸음 물러서더니 거칠게 달려와 커다란 몸뚱이로 나무를 들이받았다. 제법 굵은 나무였는데도 크게 흔들렸다. 직접 부딪혔다면 뼈가 몇 개 부러지는 걸로는 끝나지 않을 것 같았다.

에리카는 다시 활시위를 당겼다. 켄티펀트는 쏠 테면 쏴보라는 것처럼 에리카를 노려봤다. 켄티펀트의 한쪽 어깨에서 피가 흘러내리는 게 보였다. 살이 찢어질 만큼 거세게 부딪힌 것이다. 켄티펀트가 괴성을 지르려는 것처럼 이빨을 드러내며 입을 크게 벌렸다. 소리가 미처 나오기도 전에 화살이 켄티펀트의 목에 박혔다.

나무에서 내려와 자세히 살펴보니 그 전까지는 발견하지

못한 특징이 있었다. 코끼리와 달리 켄티펀트의 귀는 그리 크지 않았는데, 귀에 둥근 고리가 달려 있었다. 단순한 장신구는 아니었다. 정교하게 만들어진 금속 귀걸이였다. 자연물이 아닌, 인공적인 공예품.

'유적지에서 주운 걸까?'

에리카는 그것을 풀어 조심스럽게 손바닥 위에 올렸다. 유물이라기에는 처음 만들 때 생긴 것처럼 보이는 흠집이 그대로 남아 있었다.

'켄티펀트들에게 어떻게 이런 기술이……'

이해가 되지 않았다. 어쩌면 이 숲에서 만들어진 것이 아닐 수도 있었다.

*

에리카는 조용히 바람을 읽었다. 나뭇잎 흔들리는 소리. 곤충들이 위험을 느끼고 어디론가 날아가는 소리. 이어서 들려오는 묵직한 발소리. 켄티펀트였다. 야외에서 활동하는 마지막 켄티펀트. 주머니에 담긴 켄티펀트 귀걸이의 무게에 집중했다. 여덟 개. 모든 켄티펀트가 귀걸이를 하고 있었고, 에리카는 전리품처럼 귀걸이를 모았다. 늙은 켄티펀트도 하고 있었을 것이다. 그리고 이제 마지막 귀걸이를 손에 넣을 때였다.
 켄티펀트 발소리의 리듬이 어색했다. 다리를 다친 듯했다. 에리카는 금세 깨달았다. 처음 활을 맞았던 녀석이었다. 켄티펀트의 모습이 나뭇가지 사이로 점차 드러났다. 한쪽 다리를 절뚝이며 걸어오고 있었다. 상처는 아물었지만 통증은 아직 남아 있는 듯했다. 다리를 움직일 때마다 움찔거렸고, 얼굴에 달린 팔로 주변 나뭇가리를 붙잡으며 중심을 잡으려 애쓰고 있었다. 하지만 눈빛만큼은 변하지 않았다. 놈은 여전히 에리카를 싫어하고 있었다.
 허리 높이로 자란 수풀을 사이에 두고 켄티펀트와 마주 섰다. 주변에 충분히 높은 나무가 없었기에 에리카는 몸을 숨길 수 없었다. 그래서 그저 기다렸고, 켄티펀트는 에리카를 찾아왔다.
 켄티펀트가 달려들었다. 통증을 참는다면 제대로 움직일 수 있는 모양이었다. 에리카가 쏜 활이 켄티펀트의 어깨에 맞았지만, 그리 깊이 박히지는 않았다. 거대한 근육이 꿈틀거리자 활은 힘없이 떨어져 나왔다. 에리카는 다시 한번 활시위를 당겼다. 조준할 시간이 부족했다. 하지만 처음부터 그럴 예정이었다.
 에리카가 다시 활을 쏠 거라고 생각한 켄티펀트는 틈을 주지 않기 위해 더욱 거칠게 달려왔다. 수풀 밑에 숨어 있던 금속 창살을 미처 발견하지 못했다. 에리카가 발밑에 있던 발판을 밟자 창살이 비스듬하게 고개를 들었고, 퀜티펀트는 제동조차 하지 못하고 강렬한 기세로 창살에 박혔다. 에리카는 퀜티펀트 특유의 비명을 지를 거라고 예상했지만, 놈은 숨을 거칠게 내쉬기만 할 뿐, 어떤 소리도 내지 않았다. 에리카는 퀜티펀트에게 다가갔다. 퀜티펀트는 에리카를 보고는 주먹으로 치려는 듯 팔을 휘둘렀다. 부상으로 인해 힘이 제대로 들어가지 않았다. 팔은 금방 아래로 축 늘어졌다.

"나도 이러고 싶지는 않았어. 그건 알아줬으면 해."

에리카는 퀜티펀트의 손이 닿지 않는 거리에 서서 말했다.

"미안하지만 급소를 전부 피해버린 것 같아. 이대로는 오랫동안 고통스럽기만 할 거야."

퀜티펀트는 에리카의 말을 알아듣기라도 하는 듯, 한결 차분해진 눈빛으로 에리카를 바라봤다. 에리카는 덫을 분해해 가늘고 기다란 창살 하나를 뽑았다. 일부러 천천히 움직이며 놀라게 할 생각이 없다는 걸 보였다. 퀜티펀트는 창살과 에리카를 번갈아 바라봤다.

"괜찮아."

에리카는 퀜티펀트에게 더 가까이 다가갔다. 팔을 내밀면 닿을 거리였지만, 켄티펀트는 에리카를 공격하지도 붙잡지도 않았다.

"그냥 운이 나빴던 거야."

창살이 켄티펀트의 가슴 가운데를 향했다.

"금방 끝날 거야."

그때 켄티펀트의 팔이 움직였다. 에리카는 순간 움찔했지만 자신을 공격하려는 게 아니라는 걸 금방 깨달았다. 켄티펀트는 자신의 귀에 있는 고리를 뜯어 에리카에게 내밀었다. 놈은 에리카가 동족의 귀걸이를 모으고 있다는 걸 알고 있었다. 그리고 눈을 감고는 중얼거렸다.

"엔 발 투리. 시 로 테아."

에리카는 깜짝 놀랐다. 야생동물의 울음소리가 아니었다. 뚜렷한 음절과 단어로 구성된 말이었다. 켄티펀트에게는 언어가 있었다. 동족끼리 의사소통은 할 수 있을거라고는 생각했지만 이토록 분명한 언어가 있을 줄은 몰랐다.

"너희……."

말을 제대로 꺼내기도 전에 켄티펀트가 에리카의 팔과 창살을 거세게 붙잡았다. 그러고는 스스로 창살을 자기 가슴에 찔러 넣었다. 켄티펀트는 눈을 감지 않고 숨을 거뒀다. 수풀을 어루만지던 바람이 멈추고, 다시 모든 것이 정적 속으로 사라졌다.

에리카는 창살과 퀜티펀트에게서 천천히 뒤로 물러섰다. 그리고 손바닥을 내려봤다. 마지막 귀걸이. 복잡한 마음에 무언가 뱉어내고 싶었지만 아무 말도 떠오르지 않았다. 퀜티펀트가 마지막으로 담긴 말이 귓가에 남아 메아리쳤다. 무슨 의미였는지 알 수 없었다. 앞으로도 알 수 없을 것 같았다.

에리카는 귀걸이를 주머니에 넣었다. 다른 것보다 유독 무겁게 느껴졌다.

켄티

계곡을 건너간 지 얼마 되지 않아 쓰러진 풀과 꺾인 나뭇가지들이 안내해주는 길이 나타났다. 에리카는 조용히 걸었다. 발밑의 나뭇가지나 마른 잎을 밟지 않도록 신경을 썼다. 들키지 않으려는 게 아니었다. 그저 최소한의 존중이라고 생각했다. 한 손에는 활이, 다른 손에는 켄티펀트들의 귀걸이를 모아둔 주머니가 쥐여 있었다. 귀걸이들은 모두 다른 시기에 비슷한 방법으로 만든 듯했다. 단순한 장신구인지, 아니면 켄티펀트 나름의 서열의 상징인지는 알 수 없었다. 하지만 이제 더 이상 중요하지 않았다.

발길이 만든 길이 사라진 곳에서 에리카는 켄티펀트들의

거주지 혹은 집을 발견했다. 예상대로 한 마리도 보이지 않았다. 평소에 거주지를 떠나지 않는 개체들은 아마 어리거나 노쇠한 개체였을 것이다. 그리고 외부에서 사냥이나 채집을 하던 개체들이 모두 사라지면 그들은 위험을 감지하고 서식지를 떠날 수밖에 없다. 에리카로서는 다행이었다. 마지막으로 쓰러뜨린 켄티펀트의 시선이 떠오를 때마다 마음이 불편하기 그지없었다.

그곳은 숲속의 다른 곳과는 분위기가 달랐다. 땅은 유난히 평평하고 단단했고, 키 작은 나무들이 일정한 간격을 두고 자라 있었다. 돌이 여기저기 쌓여 있는데, 자연스럽게 쌓인 것이 아니라 알 수 없는 목적에 따라 서로 다른 방법으로 쌓여 있었다. 돌과 나무 사이에는 무릎 높이 정도의 풀이 듬성듬성 자라 있었다. 조금 더 들어가니 땅을 파서 만든 창고가 나타났다. 다양한 종류의 과일과 과일 따는 데 이용했을 법한 나뭇가지들 그리고 에리카에게서 훔쳐 간 공구들이 쌓여 있었다. 에리카는 공구는 챙길 수 있을 만큼 챙긴 다음, 유적지 주변에서는 볼 수 없는 과일 하나를 베어 물었다. 맛있었다.

창고에서 나오자 거주지 가운데에 놓여 있는 거대한 바위 두 개가 눈에 띄었다. 원래 하나였던 바위가 오래전에 둘로 부서진 듯, 두 바위 사이에는 어른 두 명 정도가 들어갈 수 있는 틈이 있었다. 에리카는 바위 사이로 들어갔다. 가장자리에는 눈금 비슷한 게 새겨져 있는데, 어쩌면 켄티펀트들이 돌 벽 틈을 지나가는 빛과 그림자를 시계로 삼았을지도 모른다는 생각이 들었다.

그때 바위 사이로 바람이 불었다. 그리고 그 바람 속에서, 에리카는 바위의 단면에 새겨진 무늬를 발견했다. 처음엔 단순한 낙서라고 생각했다. 하지만 가까이 다가가서 보니 생각보다 훨씬 정교한 그림이었다. 일정한 규칙을 가지고 남긴 기록이었다.

그림은 켄티펀트 두 마리로 시작했다. 둥근 몸통과 길게 늘어진 두 개의 코를 가진 건강한 모습의 켄티펀트 한 마리. 그리고 그 옆에는 조금 더 체구가 크고 유독 둥그런 배를 가진 또 한 마리의 켄티펀트. 새끼를 가진 모습이었다. 그 밑에는 알 수 없는 문양이 격자 모양으로 나열되어 있었다. 원시적이기는 했지만 분명 문자였다. 중간중간에는 알파벳처럼 보이는 것도 있었다. 인간의 유적지에서 본 것을 따라해 만든 것일지도 몰랐다.

다음 그림에서는 둥근 배가 사라지고, 작은 켄티펀트가 옆에 서 있었다. 태어난 직후에는 코가 짧았다. 그래서 얼굴이 조금 평평하다는 걸 빼면 새끼 조랑말과 달라 보이지 않았다.

다음 그림부터는 어린 켄티펀트가 점점 성장해가는 모습이 그려져 있었다. 코와 다리, 목이 조금씩 길어지고 키도 커졌다. 어느 순간 함께 있던 두 마리의 켄티펀트는 사라지고 어린 켄티펀트 한 마리만 남았다. 그 아래에는 다른 그림보다 더 많은 문자가 새겨져 있었다. 어미 켄티펀트에게 무슨 일이 있었던 걸지도 몰랐다.

에리카는 천천히 손을 들어 돌벽을 어루만졌다. 거친 표면을 따라 깊이 새겨진 선을 따라가며, 누군가 그것을 새기던 순간을 상상했다. 그림은 시간을 두고 천천히 새긴 것 같았다. 그리 오래된 것 같지도 않았다. 특히 마지막 그림은 바로 어제 새겼다고 해도 믿을 만큼 깊고 선명했다.

뒤를 돌아 반대편 돌벽을 살폈다. 열다섯 마리의 켄티펀트가 새겨져 있었다. 그리고 열세 마리에게는 빗금이 그어져 있었고, 그중 여덟 마리의 빗금은 최근에 그어진 것이었다. 에리카는 그 여덟 마리가 최근에 자신이 쓰러뜨린 녀석들이라는 걸 어렵지 않게 짐작했다. 그렇다면 먼저 그어진 다섯 마리는 자연사든 사고사든, 아니면 사냥을 당했든 먼저 죽은 개체들이다.

'애초에 숲에 열세 마리의 켄티펀트밖에 없었던 걸까? 아니면 또 다른 켄티펀트 부족이 있는 걸까?'

에리카는 빗금이 그어지지 않은 두 마리를 바라봤다. 큰 녀석과 작은 녀석. 큰 녀석의 다리에는 어떤 표시가 있었다. 처음으로 에리카의 화살을 맞고, 마지막으로 에리카에게 쓰러진 켄티펀트. 빗금이 미처 그어지지 않은 것이다. 그 옆에 있는 작은 녀석은 아마도 에리카가 처음으로 목격했던 그 자그만 켄티펀트. 탄생과 성장이 기록으로 남겨진 가장 어린 켄티펀트가 분명했다.

'왜일까? 왜 굳이 그 켄티펀트의 탄생과 성장을 그림으로 남겨둔 걸까?'

에리카는 곧 깨달았다.

"켄티펀트는 도구와 언어를 사용하는 지성체였어!"

*

그때 바위 바깥에서 바스락거리는 발소리가 들렸다. 에리카는 재빨리 활을 꺼내 들고 바위 틈에서 빠져나왔다. 계곡에서 봤던 작은 켄티펀트가 바위 앞에서 에리카를 바라보고 있었다. 활시위를 당기고 있는 에리카를 보고도 도망가지 않았고, 적대감도 드러내지 않았다. 심지어 두려워하지도 않았다. 단지 커다란 두 눈을 반짝이며 호기심 가득한 시선으로 에리카를 바라볼 뿐이었다. 에리카는 활을 쥔 손에 조금 더 힘을 줬다. 어린 켄티펀트는 위협적인 움직임을 보이지 않았다. 오히려 에리카가 한 걸음 다가가자 조금 머리를 기울이며 코를 가볍게 움직였다. 긴 두 개의 코끝이 꿈틀거렸다. 에리카를 자세히 살펴보려는 듯한 움직임.

둘은 한참 동안 서로를 바라보았다. 에리카는 천천히 활을 내리고 화살을 거뒀다. 그러자 어린 켄티펀트는 한 걸음 더 다가와 에리카를 살폈다. 작은 앞발을 모은 채 조심스럽게 서서, 길고 가느다란 두 개의 코를 천천히 움직이며 에리카의 이곳저곳을 신기하다는 듯 만졌다. 눈동자는 검은 밤의 호수처럼 깊었고, 반짝이는 호기심이 달빛처럼 비치고 있었다. 단 한 점의 적의도 두려움도 없었다. 에리카를 죽이려고 달려들던 성체 켄티펀트와는 너무나도 달랐다. 도대체 무엇이 이런 차이를 만든 것일까? 다른 켄티펀트들에게 아마도 인간 에리카는 단순한 침입자가 아니라 생존을 위협하는 존재였다. 하지만 이 어린 켄티펀트에게 인간이란 그저 새로운 동물일 뿐이었다. 처음 보는 존재에 대한 본능적인 경계가 있을 법도 한데, 전혀 그런 기색이 없었다. 마치 누가 자신을 공격할 수 있다는 걸 상상조차 할 수 없는 것처럼.

에리카는 천천히 손을 내밀었다. 어린 켄티펀트도 에리카의 동작을 보고는, 여전히 코라고 해야 할지 손이라고 해야 할지 헷갈리는 부위를 에리카에게 천천히 내밀었다. 두 손이 닿았다. 에리카는 이 손으로 켄티펀트들을 쫓아냈고, 덫을 놓았으며, 화살을 쏘았다. 하나씩 쓰러져가던 녀석들의 마지막 표정을 지켜보았다. 그리고 지금 그 손끝으로 어린 켄티펀트의 체온을 느끼고 있었다. 캡슐에서 빠져나온 이후로 처음 느끼는 적대적이지 않은 온기. 에리카는 자기도 모르게 코끝이 찡해졌다. 주머니 속에 담긴 귀걸이들의 무게가 더 무겁게 느껴졌다.

어린 켄티펀트에게는 귀걸이가 없었다. 에리카는 문득 깨달았다. 켄티펀트들은 이 숲에서 태어난 존재가 아니었을 것이다. 그들은 원래 다른 곳에서 살았다. 원래 거주지의 환경을 보면 다른 숲이라기보다는 더 넓고 평평한 초원 같은 곳이었을지도 모른다. 그리고 어떤 표식으로 귀에 귀걸이를 해야 하는 곳이었을 것이다. 켄티펀트들은 어떤 이유에서든 그곳에서 빠져나와 이 숲에 새로운 보금자리를 만들었다. 그리고 이 숲에서 새롭게 태어난 개체가 바로 지금 눈앞에 있는 어린 켄티펀트였다.

"너희 종족들은 인간처럼 특별한 존재였던 거구나."

에리카가 말했다. 어린 켄티펀트는 뜻이 궁금하다는 듯 고개를 갸우뚱했다. 에리카는 다시금 마지막으로 쓰러뜨린 켄티펀트를 떠올렸다. 놈, 아니 그가 마지막으로 남긴 알아들을 수 없는 말. 자신이 죽어가는 것에 대한 두려움도 분노도 없이, 그저 어떤 강렬한 감정을 담고 있던 시선. 그리고 에리카의 손을 붙잡고 스스로 창살을 집어넣은 행동. 아이는 해치지 말라는 의미였을 것이다. 그 켄티펀트는 아이를 마지막까지 지키고자 했을 것이다. 그래서 고통을 견디며 에리카와 싸웠고, 마지막 순간에 지성체로서 마지막 부탁을 하며 숨을 거뒀다. 에리카는 주머니 속에 담긴 귀걸이들을 만지작거렸다. 차갑고 단단했다. 승리의 증표였다. 패배의 증표였고, 죽음의 증표였다. 그리고 생존의 증표였다. 하지만 그 무엇도, 이 어린 켄티펀트에게는 해당하지 않았다. 그 단순한 사실이 에리카의 가슴을 옥죄어왔다.

처음 에리카는 그저 계곡 너머로 그들과 한 번 마주했을 뿐이었다. 하지만 그들은 이후 곧장 에리카의 영역으로 넘어와 에리카의 작업을 방해하며 몰아내려고 했고, 이윽고 에리카를 해치려고 했다. 왜 그렇게 공격적이었을까? 굳이 돌벽에 출생과 성장을 기록해둔 걸 보면, 그들에게 종족 번식이란 건 굉장히 어려운 일이었을지도 모른다. 그래서 더 공격적으로 반응했을지도 모른다. 방법이야 어찌 되었든, 그들의 궁극적인 목적은 숲에서 태어난 유일한 켄티펀트를 지키는 것이었다.

그러나 그들의 노력은 실패했다. 이 아이가 살아가길 바랐던 이들을 에리카가 모두 없애버렸다. 에리카가 이겼다. 에리카는 조용히 바위를 등지고 주저앉았다. 생각이 텅 비어버린 듯했다. 그들과 협상해야 했다고 후회해야 할까? 아니면 그들이 먼저 공격해 왔으니 어쩔 수 없었다고 정당화해야 할까? 머릿속에선 후자가 옳다는 목소리가 울렸지만, 한편으로는 죄책감이 사라지지 않았다.

에리카는 바위 틈새를 바라보았다. 갓 태어난 켄티펀트를 바라보며 바위 사이에서 그림을 새기고 있는 어느 켄티펀트의 모습이 떠올랐다. 그들은 생존과 죽음, 탄생의 흔적을 남겼다. 이 숲에서 새롭게 시작한 그들의 이야기를 남겼다. 그러나 그것을 기록한 손들은 더 이상 남아 있지 않았다.

어린 켄티펀트가 코, 아니 팔로 바위 틈새를 가리키며 소리를 냈다.

"코자그."

말인지 아니면 단순한 울음소리인지 구분이 잘 가지 않았다. 켄티펀트는 곧 바위 사이로 들어가 돌벽에 새겨진 켄티펀트들을 하나하나 가리키며 한 번 더 말했다.

"코자그."

코자그가 무엇이건, 이제 이 그림을 바라볼 수 있는 건 에리카 그리고 이 아이뿐이었다. 에리카는 어린 퀜티펀트를 천천히 바라보았다. 이제 무엇을 해야 할까? 답을 내리기에는 시간이 더 필요할 것 같았다.

"아직은 너한테 사과는 못 하겠어. 하지만 유감인 건 사실이야. 이해해줬으면 좋겠어."

에리카는 어린 퀜티펀트에게 말했다. 어린 퀜티펀트가 뭐라고 짧게 말을 했지만 알아들을 수 없었다.

"너, 스스로 과일은 딸 수 있어?"

어린 퀜티펀트는 다시 한번 알아들을 수 없는 대답을 했다.

"따라와. 나랑 같이 가자."

에리카가 등을 돌리고 걷자 어린 퀜티펀트는 망설임 없이 뒤따라가기 시작했다. 에리카는 그 모습을 보고 괜히 마음이 더 무거워졌다.

"퀜티. 넌 이제부터 퀜티야."

퀜티가 자그마하게 뭐라고 중얼거렸다. 에리카에겐 그 소리가 퀜티라고 어설프게 흉내 내는 것처럼 들렸다.

둘

에리카는 유적지 구석에 있는 비교적 텅 빈 땅을 바라보며 과일을 한 입 깨물었다. 켄티는 그 옆에서 과일을 통째로 한 입에 넣고는 순식간에 씹어 먹어버렸다.

"여기가 좋을 것 같네."

켄티펀트의 거주지에 있던 무릎 높이의 풀에 곡물 같은 게 열려 있어 조금 가져왔는데, 그냥 물에 불리기만 해도 그럭저럭 먹을 만했다. 과일과 이상한 토끼 고기에서는 얻을 수 없는 영양소를 얻을 수 있을지도 모른다는 생각에 에리카는 농사를 짓기로 했다. 하지만 방법을 몰랐다.

에리카가 켄티에게 물었다.

"일단 거기처럼 땅을 평평하고 단단하게 해야 하겠지?"

켄티는 물끄러미 바라볼 뿐이었다. 그러더니 에리카가 웃음이라고 짐작하는 표정을 짓고는 땅에 발길질을 하기 시작했다. 에리카는 곧 그게 땅을 평평하고 단단하게 하는 방법이라는 걸 깨닫고 따라서 땅을 밟았다.

"생각보다 단순 무식한 방법이네."

에리카는 가볍게 웃었지만 썩은 식물로 가득한 숲 바닥을 단단하게 만들기는 생각보다 어려웠다. 얼마 지나지 않아 에리카는 금방 지쳐버렸고 켄티는 혼자 신이 나서 한참 동안 땅을 다듬다가 에리카 옆으로 다가와 쉬면서 숨을 가다듬었다. 에리카가 한 것보다 다섯 배 정도 더 넓은 면적이 제법 평평해졌다. 에리카는 더 넓어봤자 감당이 되지 않을 거라 생각하고 그 자리에 씨앗을 듬성듬성 심었다.

"이건 너도 본 적 없을 거야."

나무를 엮어 울타리를 세우자 일단 밭이라고 해도 그리 이상하지 않은 공간이 만들어졌다.

켄티가 울타리를 어루만지더니 뭐라고 말을 했다. 에리카가 알아듣지 못해 물었다.

"뭐라고?"

켄티가 다시 말했다.

"퓐스."

"퓐스? 너, 이게 뭔지 알아? 본 적 있는 거야?"

켄티는 에리카의 말뜻을 짐작해보려는 듯 잠시 생각하더니 고개를 저었다.

"역시 모르는구나. 거기 없었으니 너도 본 적이 없었겠지."

에리카는 잠시 밭을 내려 보다가 다시 켄티를 돌아봤다.

"고개 젓는 건 어떻게 안 거야?"

켄티는 그저 물끄러미 에리카를 바라봤다. 잠시 함께 지내는 동안 에리카를 보고 배운 걸까? 아니면 어쩌다 나온 동작일 뿐일까? 켄티펀트도 우연히 고개를 젓는 행위를 같은 뜻으로 사용하게 된 것일 수도 있었다.

"함께 지내려면 서로의 말을 좀 배워야겠어."

에리카는 계곡에서 길러 온 물을 밭에 조금씩 뿌렸다. 켄티가 코끼리처럼 물을 뿌려주지는 않을까 기대했지만, 켄티펀트의 코는 그런 식으로 사용하지는 않는 듯했다. 켄티는 에리카를 유심히 관찰하며 나무 양동이에 담긴 물을 밭에 따라 뿌렸다.

비

 나뭇가지 사이로 보이는 하늘이 짙푸르게 물들었다. 구름이 낮게 깔린 듯했다. 공기는 평소보다 축축했고 바람도 무거운 가지와 잎을 흔들며 요란하게 지나갔다. 처음 캡슐에서 깨어나고 얼마 되지 않았을 때 비슷한 공기와 바람을 느꼈다. 그때 사흘 동안 비가 쏟아졌다. 에리카는 눈살을 찌푸리며 고민했다. 처음 만들었던 천막이 비를 견딜 수 있을 것 같지 않았다. 지금까지 가벼운 비는 몇 번 견뎠지만, 비가 며칠씩 쏟아진다면 아무래도 버티지 못할 것 같았다.
 건물 내부로 피하는 건 좋은 생각이 아니었다. 비가 오면 천장은 없는 것이나 다름없을 정도로 물이 샜고, 바닥은 흙과 먼지가 섞인 물로 흥건해졌다. 보수를 시도해본 적도 있지만 큰 효과는 없었다. 에리카가 폐허를 복원하는 건 어디까지나 최소한의 외형만 대충 흉내 내는 정도일 뿐, 기능적인 복원은 애초에 불가능했다.

새로운 집이 필요했다. 에리카는 오랫동안 정든 천막을 나왔다.

"켄티."

켄티가 작은 귀를 쫑긋 세우며 에리카를 바라봤다.

"나무를 좀 구해 오자."

켄티는 짧게 "이아"라고 대답했다. 아마 긍정의 뜻일 것이다. 말을 이해하고 대답한 것인지는 알 수 없지만, 에리카는 아마 그럴 것이라고 생각했다.

다행히 폭풍이나 바람에 쓰러진 나무는 숲 곳곳에 있었다. 굳이 큰 나무를 위험하게 쓰러뜨릴 필요가 없었다. 달리 말하면 튼튼한 나무를 쓰러뜨릴 만큼 강한 바람이 불 때가 있다는 뜻이기도 했기에 에리카는 신중하게 자재를 골랐다. 켄티는 에리카가 적당한 굵기와 길이의 나무를 도끼로 자르고 다듬어 수레에 싣는 걸 잠시 지켜보더니 곧 따라 하기 시작했다. 켄티는 언제나 그렇게 에리카의 행동을 곧잘 흉내 내었고, 몇 번 해보고는 금세 그 행동의 의미를 깨달은 듯 능숙하게 움직였다. 이번에도 마찬가지였다. 수레에 실린 나무에서 에리카가 고른 것과 켄티가 고른 것은 거의 구분할 수 없었다. 유일한 차이라면 도끼로 나무를 다듬는 에리카와 달리, 켄티는 코, 아니 손으로 직접 다듬었기에 단면이 조금 거칠었다. 에리카는 켄티를 위한 도끼를 만들어서 주기도 했지만, 켄티는 아직은 도구보다 손이 더 편한 것 같았다.

"퀴마, 코리."

이걸 보라는 뜻이었다. 호기심 많은 켄티가 이것저것 주워 와서 에리카에게 보여줄 때마다 한 말이기에 뜻을 금방 짐작할 수 있었다.

"그건 송진 같은데."

켄티가 보여준 것은 끈적끈적한 액체가 잔뜩 묻어 있는 나무줄기였다. 켄티는 에리카의 팔을 붙잡더니 송진에 살며시 문질렀다.

"잠깐, 뭐 하는 거야?"

에리카는 곧 켄티가 자신의 손등에 있는 상처에 송진을 바르고 있다는 걸 깨달았다. 도끼로 가는 나무줄기를 자를 때 생긴 상처였지만 그리 아프지는 않아서 그냥 내버려두고 있었다. 하지만 켄티가 송진을 발라줄 때 피부가 벌어지는 걸 보면 제법 깊은 상처 같았다.

"고마워. 그런데 이거 어디서 난 거야? 잘하면 방수제로 쓸 수 있을지도 몰라."

켄티를 따라가 보니 송진과 비슷한 액체를 잔뜩 흘려보내고 있는 나무가 몇 그루 있었다. 소나무는 아니었다. 송진을 많이 분비하는 나무에 대해서도 아는 바가 없었다. 이 나무의 정체가 무엇이건, 일단 유용한 물질을 얻었다는 생각에 에리카는 기분이 조금 들떴다.

"잘했어, 켄티. 같이 와서 다행이야."

에리카의 칭찬에 켄티가 살며시 웃었다. 그런 것 같았다. 에리카는 송진이 가장 많아 보이는 나무를 도끼로 베어서 쓰러뜨리고는 다른 목재와 닿지 않게 조심하면서 수레에 실었다.

"이제 돌아가자. 해가 지기 전에 뼈대라도 만들어야지."

폐허의 잔재로 만든 어설픈 수레로는 무거운 짐을 싣고 이동하기가 쉽지 않았다. 에리카가 힘껏 당기고 밀어봤지만 차라리 짐을 직접 들고 가는 게 낫겠다는 생각이 들 만큼 무거웠다. 그때였다. 켄티가 뒤에서 밀어주자 수레는 거짓말처럼 가볍게 움직였다. 아직 어린 개체였음에도 켄티펀트의 근력은 인간 에리카보다 훨씬 강한 게 틀림없었다. 성체 켄티펀트들이 사실은 에리카에게 전력을 다하지 않았던 게 아닐까 하는 생각이 문득 들었지만, 에리카는 머릿속을 애써 비워내며 다시 현실로 돌아왔다.

유적지에 돌아왔을 때는 이미 숲이 어둑어둑해지고 있었다. 에리카는 서둘러 예전 집의 물건들을 꺼내두고 천막을 해체한 다음, 가건물의 뼈대를 만들기 시작했다. 에리카가 공구로 땅에 구멍을 파면, 켄티가 굵은 나무 기둥을 가볍게 들고 가져와 구멍 속에 집어넣었고, 에리카는 다시 흙과 돌로 기둥 주변을 덮였다. 지붕은 비슷한 굵기의 나무들을 질긴 덩굴로 연결해서 만들었다. 진흙과 나뭇잎으로 지붕의 틈새를 막고, 그 위로 꾸덕꾸덕한 송진을 펴서 발랐다. 마지막으로 커다란 나뭇잎과 덩굴로 한 번 더 덮은 다음, 기둥 위에 올렸다. 벽을 만들기 시작할 때는 이미 해가져서 어두웠지만, 에리카와 켄티는 자그만 손전등 불빛에 의존해 벽과 바닥도 계속해서 만들어나갔다. 내부를 장식할 간단한 가구는 예전 천막 속에서 쓰던 물건을 개조해서 설치했다.

가건물 안을 둘러보며 이제 문을 만들어야겠다고 생각했을 때, 손전등이 꺼졌다. 낮에 태양광 충전을 충분히 해두지 못한 탓이었다. 발전 손잡이를 돌리면 빛이 들어오기는 했지만 그러면서 작업하기는 어려웠다.

"오늘은 여기까지가 한계일 것 같네. 켄티, 이제 그만 쉬자."

가건물 바깥에 있던 켄티가 말했다.

"쿼마, 넘."

'넘'의 뜻은 알 수 없었다. 어쨌거나 무언가를 보라는 뜻을 터였다. 에리카는 퀜티가 있는 곳으로 나갔다.

"뭘 보라는……."

위를 올려다보고 있는 퀜티의 커다란 눈동자가 무지개색으로 반짝였다. 에리카도 고개를 들었다. 나뭇잎과 가지 사이로 알록달록하고 은은한 빛이 일렁였다.

"퀜티, 날 따라와봐."

에리카는 손전등을 챙긴 다음, 퀜티와 함께 건물로 향했다. 발전 손잡이를 열심히 돌리며 컴컴한 계단을 조심스럽게 올랐다. 퀜티는 건물 안에 처음 들어왔을 뿐만 아니라, 높은 곳에 오르는 것도 처음이었기에 잔뜩 긴장하며 쉽게 발걸음을 떼지 못했다. 그럴 때마다 에리카가 퀜티의 눈을 바라보며 괜찮다고 말해줬다. 퀜티는 여전히 무서운 듯 뭐라고 중얼거리면서도 에리카의 뒤를 따라 조금씩 계단을 올랐다. 처음에 무너지기 직전이었던 계단은 에리카가 어느 정도 보수해둔 덕분에 에리카와 퀜티가 올라가도 흔들리거나 무너지는 일은 없었.

옥상에 도착했다. 숲의 지붕이 사라지고 빠져버릴 것만 같은 검은 심연 속에서 찬란하게 빛나는 별들이 모습을 드러냈다. 평생 숲속 나무 아래에서만 살던 퀜티는 별이 빛나는 밤하늘을 제대로 보는 건 처음인 듯, 입을 다물지 못하고 위를 올려다봤다.
에리카는 손가락으로 동쪽 하늘 위를 가리키며 말했다.
"저길 봐. 쿼마, 넘."
'넘'은 아마 저기라는 뜻일 테다. 그곳에는 저 아래에서 숲의 천장 사이로 흘러들어오던 무지갯빛 시선의 주인, 거대한 눈동자, 처녀자리 성운이 있었다.

*

켄티는 한 걸음도 움직이지 않았다. 맑고 커다란 눈동자가 우주의 눈동자 앞에서 흔들렸다. 아니, 흔들린다는 말로는 부족했다. 켄티의 눈 속에서, 켄티의 세상에 균열이 생기고 있었다. 나무줄기 천장 너머로 올려다본 희미한 빛줄기와는 완전히 다른 것이었다. 이제껏 상상도 하지 못했던 아찔한 심연과 그 속을 유영하는 끝없는 별빛들. 그리고 그 가운데서 아래를 내려다보고 있는 두려울 만큼 선명한 시선.
켄티는 본능적으로 몸을 움츠렸다. 켄티의 어깨가 가볍게 떨리고 숨이 가빠졌다.
에리카는 조용히 켄티의 어깨에 손을 얹었다.

"괜찮아. 아무 일도 일어나지 않아."

켄티는 조심스럽게 한 발씩 내디뎠다. 우주의 눈동자에 흩뿌려진 별이 반짝일 때마다 걸음을 멈췄다. 그러다 곧 다시 걸어갔다. 바람이 불었다. 옥상 아래에서 이파리들이 자그마하게 속삭이며 바닥으로 떨어졌다. 나무의 바다에 물결을 일으키며 불러오는 차갑고 부드러운 바람이 켄티와 에리카 사이를 지나갔다.

만약 켄티와 자유롭게 대화를 나눌 수 있다면, 어떻게 설명해야 할까? 에리카는 고민했다. 수천 년 혹은 수만 년 전에 생겨난 저 눈동자는 켄티에게는 태초부터 존재한 것이나 다름없었다. 하지만 에리카는 그 태초보다 먼 과거에서 왔다. 켄티는 광대한 우주와 영겁의 시간을 어떻게 이해하고 있을까? 그런 게 있다는 걸 알고 있을까?

'나도 정말 알고 있기는 한 걸까?'

에리카는 켄티를 바라봤다. 얼굴에 달린 두 개의 팔이 허공을 헤매며 성운을 향해 다가갔다. 마치 만질 수 있을 것처럼, 혹은 저 눈빛에 닿을지도 모른다는 듯이.

켄티는 숨을 멈추고 성운을 올려다봤다. 우주와 눈을 맞췄다. 켄티는 눈동자를 다시 빛내며 속삭였다.

"쿠마……."

에리카는 작게 웃었다.

"응. 저기. 퀴마, 넘."

성운은 퀜티에게 무슨 말을 할까? 에리카도 성운을 올려다봤다. 지금의 성운은 에리카에게 아무 말도 하지 않았다. 에리카는 그 침묵이 자신에게 말을 걸고 있는 것이라는 느낌이 들었다. '퀴마'. 보아라. 에리카는 조용히 밤하늘을 올려봤다. 그 시선 끝이 다시 지구로 돌아와 건물 옥상에 있는 자신과 퀜티에게 닿을 것만 같았다.

서쪽 지평선 너머에서 구름이 몰려왔다. 처녀자리 성운 위로도 옅은 구름이 나타났다. 바람이 거세지며 하늘의 어둠이 심연의 별빛을 하나둘 집어삼켰다. 얼마 지나지 않아 크고 시커먼 구름이 처녀자리 성운을 뒤덮기 시작하더니, 이내 성운은 완전히 모습을 감췄다. 커다란 물방울이 툭툭 떨어졌다.

퀜티가 말했다.

"이들리 투 키 파디. 이들리 프레티 체디."

에리카는 퀜티의 말에서 묘한 운율을 느꼈다. 단어의 뜻을 알 수 없었지만 왠지 짐작이 되었다. 하늘 눈이 눈을 감고 하늘 눈이 눈물을 흘린다. 근거는 없었다. 굵은 빗줄기가 쏟아지기 시작했다. 에리카와 퀜티는 서둘러 계단을 내려갔다. 비바람을 견디는 건물의 목소리가 낮게 울려 퍼졌다.

밤

에리카는 새로 만든 집 가운데 있는 화로에 불을 피웠다. 부드러운 빛과 온기가 집 전체로 퍼져나갔다. 작지만 든든한 공간이었다. 바닥에는 가시를 모두 뽑은 가시 곰의 가죽이 깔려 있고, 벽 한쪽에는 에리카의 간이침대가, 반대쪽 벽에는 켄티가 앉거나 누워서 쉴 수 있도록 마른 풀과 나뭇가지, 부드러운 흙을 쌓아둔 자리가 있었다. 더 안쪽에는 과일이나 훈제로 만든 토끼 고기 같은 식량과 온갖 공구들이 무성의하게 쌓여 있었지만 지금 정리할 생각은 없었다.

화롯불이 깜빡이며 이따금 작은 불씨를 뱉었다. 바깥은 칠흑 같이 어두웠다. 빗줄기는 나무들이 만든 숲의 천장을 만나면서 가늘고 거센 폭포가 되어 숲 바닥을 향해 쏟아졌다. 다행히 새로 만든 집 위로는 떨어지지 않았다. 그럼에도 가끔은 묵직한 물줄기가 지붕 위를 지나가는 소리가 들렸다.

옥상에서 내려온 후에도 켄티는 한동안 조용했다. 하늘에서 자신을 바라보던 성운의 시선이 머릿속에서 사라지지 않는 듯했다. 켄티는 화롯불 앞에 쪼그리고 앉아 가만히 불길을 바라봤다. 불을 처음 보는 건 아닌 것 같았다. 다만 오랫동안 익숙하지 않은 존재로 여겨온 듯했다. 불길이 일렁일 때마다 켄티의 얼굴에 은은한 그림자가 드리웠다.

에리카는 침대에 천천히 몸을 눕혔다. 뒤늦은 피로가 온몸에 쏟아지고 있었다.

"켄티, 따뜻하지?"

켄티는 고개를 살짝 갸웃하며 손을 불쪽으로 내밀었다. 손바닥에 있는 콧구멍으로 불의 냄새를 맡고 있는 것처럼 보였다.

"무서워할 필요는 없지만 그래도 조심해."

에리카는 켄티가 마치 다른 곳에서 자라다가 만난 어린 동생 같다고 느꼈다. 아직 말은 제대로 통하지 않지만 시선과 몸짓, 파편적인 단어로 어느 정도는 생각을 주고받을 수 있었다. 서로를 향한 어떤 적의나 경계도 없이, 지금 이곳에서 하나의 불빛을 나란히 바라보며 같은 온기를 취하고 있었다. 에리카는 27543년의 세상에서 드디어 혼자가 아니라고 느꼈다.

*

'언제까지 이런 평온한 순간을 이어갈 수 있을까?'
에리카는 켄티를 물끄러미 바라봤다.
'켄티펀트는 어디에서 온 걸까?'
거주지 환경을 보면 원래 숲에 적응해서 살던 이들은 아닌 것 같았다. 숲에 정착한 지 몇 년은 되어 보였다. 나이도 다양했고, 적어도 두 세대 정도가 함께 지내고 있었던 것 같았다. 그리고 단 한 아이만 태어났다. 그게 기적인 것처럼 거주지 한가운데 있는 돌벽에 꼼꼼하게 기록을 남겼다.
숲은 그리 안전한 곳이 아니었다. 가시 곰도 있었다. 직접 목격한 적은 없지만 결코 친절하지 않을 것 같은 미친 원숭이처럼 울부짖는 새도 있었다. 독충과 독풀도 있었다.
'계곡 너머에서 에리카를 목격한 것만으로도 시비를 걸어올 만큼 경계심 넘치는 켄티펀트는 왜 숲에 정착한 걸까? 원래 이들은 어디에 살았던 걸까? 성체 켄티펀트들은 무엇으로부터 켄티를 지키려고 했던 걸까?'
에리카는 그런 생각을 하며 조용히 화롯불을 바라봤다. 손을 내밀어 불빛을 가려봤다. 손가락 사이로 빛과 열이 새어 나왔다. 다정한 온기가 팔을 타고 퍼져나갔지만 머릿속은 아직 차가웠다. 내일 비가 그치면 다시 복원 작업을 시작해야겠다고 생각하며 에리카는 눈을 감았다.

다음 날에도 비는 그치지 않았다. 에리카는 근육통에 시달려 침대에서 내려오지 않았다. 퀜티는 하루 종일 조용히 무언가를 흥얼거리다가 화롯불이 약해질 때마다 자신이 깔고 누워 있던 마른 나뭇가지를 불에 집어넣었다. 비는 밤이 되어서야 그쳤다.

실종

 아침이었다. 햇빛이 숲의 그늘을 뚫고 유적지까지 스며들었다. 바람은 잔잔했고 공기는 평온했다. 그리고 켄티가 없었다. 에리카는 단순한 외출이라고 생각했다. 켄티는 가끔 혼자서 돌아다니고는 했다. 과일을 따거나 주워 오기도 했고, 재미있게 생긴 돌을 주워 장난을 치며 놀거나, 별다른 목적 없이 이곳저곳을 살펴보러 가기도 했다. 그러나 오늘은 무언가 이상했다. 불안감이 에리카의 목덜미를 타고 올라왔다.
 에리카는 주변을 돌아다니며 소리쳤다.
 "켄티!"
 평소 같으면 어디선가 대답이 들려왔을 것이다. 짧은 단어로 된 말이거나, 아니면 그저 신기한 돌을 발견했을 때의 들뜬 소리라도. 그러나 이번엔 아무 소리도 들리지 않았다. 에리카는 유적지 곳곳을 샅샅이 살피고 서둘러 주변 숲과 계곡도 뒤져 보았다. 어디에도 흔적이 없었다. 그렇기에 다른 동물에게 잡혀갔을 것 같지는 않았다. 적어도 유적지 주변에서는.

'혹시 성운을 보여준 게 실수였을까?'

이틀 전 그날 밤, 켄티는 처음으로 우주를 보았다. 나무가 가로막고 있던 하늘이 걷히고, 끝없는 심연과 그 속을 떠도는 찬란한 별들이 켄티 앞에 모습을 드러냈다. 그리고 그 가운데서 아득한 눈빛으로 내려보고 있던 거대한 성운. 그걸 마주 보고 있던 켄티의 선명한 눈동자.

'너, 성운에게 도대체 무슨 말을 들은 거니. 아니면, 성운에게 무슨 말을 한 거니. 저건 결국 죽은 별이 뿜어낸 창백한 가스와 먼지에 불과하다고 설명해줬어야 했을까? 말해줬다면 무언가 달라졌을까?'

에리카의 심장이 두근거렸다. 마치 무언가가 가슴을 움켜쥐고 조이는 것 같았다. 낯선 느낌은 아니었지만, 지금 이 세상에서 느낄 거라고는 생각지도 못했다. 손끝까지 감각이 날카롭게 곤두섰다. 두려움이 몰려왔다. 만약 켄티를 다시 찾지 못한다면? 켄티가 돌아오지 않는다면? 만약 더 이상 켄티를 볼 수 없게 된다면?

"켄티!"

에리카는 집으로 돌아가 배낭을 준비했다. 바깥에서 밤을 보내게 될지도 모른다는 생각에 식량과 물, 탐색을 위한 크고 작은 도구들을 챙겨 넣었다. 만약을 위해 활과 화살, 도끼와 칼도 챙긴 다음, 유적지를 나섰다. 계곡 너머, 켄티펀트의 옛 거주지도 지나, 숲 깊은 곳까지 들어갔다. 빠지면 헤어나지 못할 만큼 거센 물길이 흐르는 새로운 계곡도 지나가고, 평소라면 올려다보지도 않았을 가파른 절벽도 타고 올랐다. 그렇게 점차 가보지 못한 곳으로 나아갔다.

에리카는 처음 보는 늪지대 앞에서 걸음을 멈췄다. 허리 높이까지 올라오는 수풀이 가득했는데 다행히 늪은 그리 깊어 보이지 않았고, 중간중간에 높이 솟은 나무들이 있어서 어떻게든 빠져나갈 수 있을 것 같았다. 문제는 작은 동물들이었다. 수풀과 나무 주변으로 경고 색을 잔뜩 얹은 파충류와 곤충들이 돌아다니고 있었다. 독을 갖고 있을 거라는 건 어렵지 않게 짐작할 수 있었다.

켄티도 이곳을 지났을 것 같지는 않다는 생각에 발걸음을 돌리려고 할 때, 늪 가장자리의 수풀에 묻어 있는 무언가가 눈에 띄었다.

"송진!"

그러나 주변에 송진을 흘리고 있는 나무는 보이지 않았다. 에리카는 배낭 속에서 송진을 담아둔 통을 꺼내고, 나뭇가지 하나를 주워 끝에 송진을 묻혔다. 나뭇가지를 수풀 근처에 가져가자 개구리를 닮은 양서류가 먼저 냄새를 맡고는 다른 곳으로 이동했고, 곧 곤충들도 날개를 펴고는 어디론가 날아갔다. 녀석들은 송진을 싫어했다.

켄티가 몸에 송진을 바르고 이곳을 지나간 것이다. 에리카는 송진을 다리와 허리에 덕지덕지 발랐다. 냄새가 제법 강렬해서 많이 바를 필요도 없을 것 같았다. 준비가 되자 에리카는 늪과 수풀을 가로질렀고, 다행히 건너편에서 무사히 빠져나올 수 있었다. 그러나 깨끗하게 쓰려고 노력했던 바지와 신발이 진흙투성이가 되었다.

에리카는 잔뜩 흥분한 목소리로 말했다.
"돌아오면 혼을 좀 내야겠어!"
물론 진심으로 그럴 생각은 없었다.

이후로는 커다란 바위와 지표를 뚫고 올라온 굵은 나무뿌리, 움푹 주저앉은 구덩이가 곳곳에 있는 걸 제외하면 비교적 이동이 쉬운 지대가 나타났다. 에리카는 빠르게 움직였다. 나뭇잎 사이로 보이는 태양은 벌써 중천을 지나 다시 아래로 천천히 내려오고 있었다. 주변을 탐색하며 이동해 왔다는 걸 생각하더라도 하루 만에 가볍게 다녀올 수 있는 곳은 아니었다.

"퀜티, 너 도대체 무슨 생각을 하고 있는 거니……."

에리카가 말을 뱉고 얼마 지나지 않았을 때, 갑자기 숲이 우거지기 시작하더니, 높은 나무줄기에서 마치 장막처럼 내려와 시야를 가리고 있는 덩굴 벽이 나타났다. 에리카는 뒤에 뭐가 있을지 모른다는 생각에 천천히 덩굴을 옆으로 밀며 안쪽으로 들어갔다.

갑자기 빛이 쏟아졌다. 에리카는 고개를 옆으로 돌리고 눈을 가늘게 떴다. 눈이 빛에 익숙해지고 다시 앞을 바라본 순간, 에리카는 다리에서 힘이 빠져 주저앉고 말았다. 눈앞에 나타난 건 새로운 유적지였다. 에리카는 아찔할 만큼 깊고 거대한 댐의 한쪽 끝에 서 있었다. 댐은 몇 군데 부서지거나 균열이 생긴 부분이 있었지만, 전체적인 모습은 그대로 유지하고 있었다. 댐을 중심으로 왼쪽으로는 완만하지만 넓고 텅 빈 공간이, 오른쪽으로는 깊고 가파른 계곡이 있었다. 계곡에 반쯤 차 있는 물은 댐 어딘가에 생겨난 틈새나 구멍을 통해 반대편으로 느긋하게 흘러가고 있었다.

퀜티는 댐 위에 있었다. 그리고 퀜티 앞에는 지금까지 상상해 본 적도 없을 만큼 거대한 뱀이 아슬아슬하게 또아리를 틀고 있었다. 길이가 10미터는 훌쩍 넘어 보였다.

"켄티!"

에리카가 외치자 켄티가 에리카를 바라보다가 뱀이 꿈틀거리자 다시 시선을 돌렸다. 뱀은 움직임은 느렸지만, 언제라도 달려들 준비가 되어 있는 사냥꾼의 자세를 취하고 있었다. 손이 떨렸다. 너무 컸다. 태양빛을 받으며 미끈거리는 비늘은 거칠고 단단해 보였고, 생물이라기보다는 크고 복잡한 기계장치를 덮은 갑옷처럼 보였다. 치켜세운 목을 감싼 근육은 공룡이라도 질식시킬 수 있을 것만 같았다. 이길 방법이 없었다. 생각할 시간도 없었다.

"켄티, 그 자리에서 움직이지 마!"

켄티는 에리카의 말을 들은 건지, 아니면 공포에 사로잡혀 몸이 굳어버린 건지 한 걸음도 움직이지 않았다. 에리카는 활을 들었다.

'화살 몇 개가 필요할까? 애초에 하나라도 비늘을 뚫을 수는 있을까?'

확신할 수 없었다. 심호흡하며 활시위를 뱀의 눈을 향해 조준했다. 너무 멀었지만 다른 선택지가 없었다. 에리카는 활 시위를 당겼다.

화살은 뱀의 목에 박혔다. 뱀은 아프지도 않다는 듯 화살이 박힌 곳을 바라보고는 에리카가 있는 곳을 향해 고개를 돌렸다. 에리카는 재빠르게 몸을 숨겼다. 화살은 비늘을 뚫을 수 있었다. 일단 그것만으로도 충분했다. 에리카는 입고 있던 상의 아래쪽을 찢었다. 옷감을 화살 머리 근처에 돌돌 만 다음, 송진을 잔뜩 묻혔다. 같은 방법으로 화살 세 개를 더 만들고 나니, 상의는 에리카의 배조차 가리지 못할 만큼밖에 남지 않았고, 송진은 완전히 바닥나 버렸다. 조심스럽게 송진에 불을 가져갔다. 불이 쉽게 붙지는 않았지만, 한번 타오르기 시작하면 쉽게 꺼지지 않았다.

에리카는 다시 일어섰다. 뱀은 목에 화살을 꽂은 채로 천천히 켄티를 향해 다가가고 있었다. 켄티는 여전히 그 자리에 굳어 있었다.

"켄티, 조금만 기다려!"

불붙은 화살은 뱀의 등에 박혔다. 불이 뱀의 비늘에 닿지는 않았다. 애초에 공격보다는 겁을 주는 게 목적이었다. 뱀이 불을 보고 당황하는 모습을 확인한 에리카는 불화살 두 발을 더 쏘았고, 두 발 모두 뱀에게 명중했다. 묘한 자부심에 에리카의 가슴이 벅차 올랐다.

마지막 한 발은 기적처럼 뱀의 아래턱에 박혔다. 뱀은 온몸에 소름이 돋을 만큼 기괴한 소리를 내며 몸부림쳤다. 그러다가 자신의 무거운 몸의 관성과 무게를 견디지 못하고 계곡 쪽에 있는 댐의 가파른 면으로 미끄러져 내려가기 시작했다. 에리카는 뱀에게 손과 발이 없다는 사실이 이토록 고맙게 느껴진 적이 없었다.

"그러게 처음부터 인간을 노리지 말았어야지!"

마침내 뱀은 빠르게 떨어졌다. 길고 거대한 몸이 계곡 아래에 있는 수면과 충돌하며 마치 폭탄이 터지는 것만 같은 굉음을 냈다. 뱀은 한참 동안 물속에 잠겨 있는가 싶더니, 곧 수면위로 다시 떠올랐다. 에리카는 잔뜩 긴장하며 지켜봤지만, 뱀은 몇 번 몸을 꿈틀거리고는 계곡을 거슬러 올라가며 모습을 감췄다. 에리카는 켄티가 있는 댐 꼭대기 위로 달려갔다. 아무런 안전장치도 없이 그렇게 높은 곳을 지나가는 건 처음이었다.

켄티는 처음 그 자리에 서 있었다. 에리카가 도착하자 두 개의 부드러운 팔로 에리카의 어깨를 감쌌다. 오히려 에리카를 위로해주려는 것처럼. 에리카는 켄티가 희미하게 웃음을 짓고 있는 걸 발견했다. 에리카가 구해줄 것이라는 걸 알았다는 것처럼. 켄티의 태연하기 그지없는 모습에 에리카는 순간 화가 치밀어 올라 켄티의 팔을 옆으로 밀어버렸다.

"너 도대체 어쩌자고 이런 짓을 벌인거야!"

살며시 웃고 있는 켄티의 눈에 눈물이 맺혀 있었다. 에리카는 처음에 하려던 말을 차마 잇지 못했다. 에리카는 댐의 반대편 끝을 바라보며 말했다.

"일단 가자. 저쪽으로 가려고 했던 거지?"

에리카는 켄티에게 과일 몇 개와 물을 건네주고는 먼저 걷기 시작했다.

*

에리카는 댐을 건너며 차오르는 묘한 불안과 흥분을 억누르려 애썼다. 웅장하기 그지없는 댐은 그 자체로 경이로웠다. 약 25000년이 훌쩍 지났는데도 제 모습을 거의 그대로 유지하고 있었다. 여기저기 균열이 있고 댐으로써의 역할은 이제 해내지 못하지만, 숲속에 있는 너덜너덜한 폐허와 비교하면 멀쩡한 수준이었다.

어느 순간부터 켄티가 앞장서 걸었다. 조심스럽게 댐의 균열을 살피며, 이따금 무언가를 발견한 듯 발을 멈추었다가 다시 걷기도 했다. 그 작은 몸짓이 이상하게 긴장감을 자아냈다. 마치 중요한 순간을 앞둔 것처럼, 켄티는 숨을 고르며 걸었다.

댐을 완전히 건너고 나무가 우거진 부분을 잠시 지났다. 댐을 건너기 전에 보았던 장막 같은 덩굴들이 무언가를 감추고 싶기라도 한 것처럼 계속해서 나타났다. 퀜티와 에리카는 그런 덩굴들을 옆으로 가르며 나아갔다.
　에리카는 멈춰 섰다. 숲이 갑자기 끊어졌다. 그리고 그 앞으로 부드러운 굴곡이 이어진 완만한 대지가 끝없이 펼쳐졌다. 바람이 호수 위를 지나가듯 짤막한 풀을 휘감으며 흘러갔다. 공기가 달랐다. 숲의 무겁고 축축한 향기, 겹겹이 쌓인 시간의 무게가 없었다. 맑고 건조한, 멈춰버린 시간의 냄새가 감돌았다. 퀜티가 손을 뻗으며 말했다.
　"퀴마 님."
　"뭔가 보여주고 싶은 게 있는 거야?"
　에리카는 퀜티가 가리킨 곳을 보았다. 지평선 위에 모서리가 굴곡진 직사각형의 무언가 솟아 있었다. 너무 멀어서 작아 보였지만 실제 크기는 높이만 수백 미터, 폭은 수 킬로미터는 될 터였다. 흉물스럽게 그리고 우아하게 솟아오른 초거대 구조물. 인간의 손으로 만든 것임을 부정할 수 없는 건축물이었다. 그 주변으로는 도시의 스카이라인이 보였다. 에리카는 눈을 가늘게 떴다. 거대 건축물과는 달리 도시의 건축물들은 기울어지고 무너져 있었다. 숲속 폐허와 크게 다르지 않았다. 누군가 살고 있는 것 같지는 않았다. 복원을 시도한 흔적도 보이지 않았다.

에리카는 다시 한번 거대 건축물을 바라봤다. 머릿속에 한 가지 생각이 떠올랐다.

"방주."

저 거대한 건축물은 방주가 분명했다. 약 25000년 전, 인류가 어떤 재앙을 직감하고 만든 생존 시설. 인간이 만든 것 중 가장 오랜 시간을 견딜 수 있는 구조물. 에리카가 잠들어 있던 방주인지는 알 수 없었다. 인류가 단 하나의 방주에만 미래를 걸었을 것 같지는 않았다. 어쩌면 에리카의 방주는 실패했고, 숲 아래에 묻혀 있을지도 몰랐다. 어찌되었든, 저곳은 아직 무사해 보였다.

아직 누군가 잠들어 있을지도 모른다. 환희가 밀려왔다. 차오르는 가슴의 열기가 바람에 노출되어 차갑게 식어가는 배의 냉기와 뒤섞이며 낯선 흥분을 이끌어냈다. 에리카는 자신이 머나먼 과거의 유령이라고 생각했다. 떠나야 할 때 떠나지 못한 지박령이라고 생각했다. 죽고 부스러진 문명을 홀로 복원하려 노력하는 허망하고 덧없는 존재. 그렇기에 더욱 과거에 집착하는 모순에 빠진 미물. 하지만 이젠 아니다. 켄티가 에리카를 가리키며 말했다.

"뷸로."

인간이라는 뜻이었다. 에리카가 켄티에게 가장 먼저 배운 말이었다.

"맞아, 뷸로야. 뷸로가 저기에 있어."

거대한 방주. 초원 끝에 우뚝 선 요새. 고대의 탑처럼 높이 세워진 기념비. 에리카가 홀로 남은 먼지 한 톨이 아니라는 걸 증명해 주는 곳. 캡슐 속에서 처음 깨어났을 때, 낯선 공간 속에 남겨진 채, 자신이 누구인지조차 알지 못했던 순간이 떠올랐다. 영영 사라진 세계, 완전히 잊힌 시간, 불완전한 기억에 괴로워하던 첫 사흘이 떠올랐다. 이제 에리카는 그때 같지 않았다. 에리카는 천천히 목소리를 냈다.

"저녁때에 비둘기가 그에게로 돌아왔는데······."

켄티가 에리카의 말에 고개를 돌리고 바라봤다. 에리카는 지평선을 응시하며 말을 이었다.

"그 입에 감람나무 새 잎사귀가 있는지라. 이에 노아가 땅에 물이 줄어든 줄을 알았으며."

에리카는 자신의 역할을 깨달았다. 비둘기. 먼저 세상을 돌아보고 저 방주로 가서 세상이 다시 돌아왔다는 사실, 늦게나마 인류를 다시 맞이할 준비가 되었다는 사실을 알리는 전령. 모두에게 이제 방주에서 내려야 할 때라고 외치는 안내자. 약 25000년의 긴 꿈 끝에서, 마침내 에리카는 자신이 눈을 뜬 목적과 가야 할 곳을 찾았다.

"우린 저곳으로 가야 해."

심장은 빠르게 뛰었고, 머리는 맑았다. 에리카는 한참 동안 지평선을 바라보다가 천천히 고개를 돌렸다. 켄티가 에리카를 바라보고 있었다.

"켄티, 저걸 내게 보여주려고 했던 거지? 고마워. 덕분에 이제 무슨 일을 해야 할지를 알 것 같아. 유적지 복원은 뭐랄까, 응급처치였던 거 같아. 이제 더 중요한 일을 할 때야. 이제 돌아가자. 준비할 게 많이 있어."

에리카는 뒤로 돌아서 다시 댐을 향해 걸어가며 말했다.

"일단 여기서 벌레 쫓을 송진이 있어야 할 거 같은데, 찾을 수 있겠어?"

켄티는 기대와 어긋난 무언가를 바라보는 눈빛으로 에리카의 뒷모습을 바라봤다. 에리카가 덩굴 장막 너머로 사라진 다음에야 켄티는 뒤를 따라갔다. 그러면서 한 번 더 지평선을 바라봤다. 그리고 다시 걸었다.

*

유적지로 돌아온 에리카는 곧장 움직였다. 숲을 떠날 준비를 마치는 데는 그리 오래 걸리지 않았다. 에리카는 유적지 집에 남은 물건들을 바라봤다. 숲에 처음 들어올 때는 배낭 하나밖에 없었다. 하지만 어느새 집 내부은 물론이고 바깥에도 이것저것 쌓아둘 만큼 많은 물건들이 생겼다.

이제 에리카는 다시 배낭 하나를 가지고 숲을 떠나려고 하고 있었다. 소지품이 조금 늘어나기는 했다. 식량과 공구, 약초와 송진, 이상한 토끼 가죽으로 만든 담요 그리고 활과 화살. 활과 화살을 빼고는 모두 배낭의 속과 겉에 챙겨 넣을 수 있었다.

에리카는 문득 무언가가 떠오른 듯, 배낭을 내려놓고 유적지를 빠져나갔다. 도착한 곳은 두 번째 캡슐 앞이었다. 켄티와 만난 이후로 오랫동안 들르지 않은 곳이었다. 다시 한번 덩굴을 타고 캡슐 위로 올랐다. 입구는 여전히 열려 있지만, 어느새 새로운 덩굴들이 위를 덮고 있어 내부가 잘 보이지는 않았다.

"그동안 고마웠어. 덕분에 잠시나마 더 견딜 수 있었던 것 같아. 당신도 다시 깨울 수 있다면 좋았을 텐데. 원래 순서대로였다면 당신이 나를 깨웠을지도 모르겠지만. 모든 일이 끝나면, 다시 찾아올게."

에리카는 이름 모를 여인에게, 한나의 어머니에게 마지막 인사를 남겼다.

"아, 그리고. 이건 돌려줘야지."

여인의 편지가 적힌 사진을 다시 여인에게 돌려줬다. 그러고는 에이다와 함께 찍은 사진도 여인이 잠들어 있는 어둠 속으로 집어넣었다.

"이건 내 보답이야. 잘 갖고 있어줘."

캡슐 앞으로 내려온 에리카는 코리안 더 초코 크림 건조 케이크를 꺼냈다. 깨어난 이후 한 번도 뜯지 않았던 포장을 뜯자 달콤한 초코 향이 퍼졌다. 직접 만든 숟가락으로 자그마하게 한 입 먹자, 지금까지 느껴 본 적 없는 달콤한 행복감이 입안에 퍼졌다. 에리카는 숟가락을 케이크 위에 꽂고 캡슐 앞에 내려놓았다.

에리카가 뒤돌아서려는 순간, 캡슐 입구에 끼어 있던 마른 나뭇잎 하나가 살며시 떨어졌다. 에리카는 나뭇잎을 물끄러미 바라보다가, 옅은 미소를 지으며 발길을 돌렸다.

다시 유적지로 돌아온 에리카는 배낭의 끈을 조이고 활을 어깨에 멘 뒤, 유적지를 한 번 더 둘러봤다. 이곳에서 보낸 시간은 짧지 않았다. 일부러 날짜를 세지 않으려고 했기 때문에 얼마나 지났는지는 정확히 떠오르지 않았다. 몇 달은 된 것 같았다. 계절의 변화가 많이 없는 곳이었기에, 어쩌면 1년이 넘었을지도 몰랐다. 처음에는 단순한 피난처였지만, 그다음엔 복원의 현장이 되었다. 그러고 집이 되었다. 켄티와 만나면서 혼자 살던 집은 이윽고 가족의 공간이 되었다. 켄티도 그렇게 생각해줄지는 알 수 없었지만.

발소리가 들렸다. 켄티가 조용히 서 있었다. 켄티는 따라오라는 듯 손짓하며 어디론가 향했다. 에리카는 잠시 어리둥절한 표정을 짓다가 켄티의 뒤를 따라갔다.

계곡 너머, 켄티펀트의 거주지에 도착했다. 이곳에 올 때마다 잊고 있던 죄책감이 에리카를 짓눌렀다.

"켄티, 왜 날 여기로……."

에리카가 말을 끝내기도 전에 켄티는 지금까지 가본 적 없는 방향으로 걸어갔다. 땅에 깊이 박힌 커다란 바위에 막혀 길이 없다고 생각한 곳이었다. 켄티를 따라 바위를 오르자 흙으로 뒤덮인 비좁은 언덕이 나타났다. 그 언덕 위에는 마치 호수가 말라버린 것처럼 움푹 꺼진 구덩이가 있었다.

묘지였다. 구덩이 가운데에는 비석으로 보이는 돌 여덟 개가 가지런히 놓여 있었다. 켄티는 묘지를 한 바퀴 돌며 돌들을 하나하나 쓰다듬은 다음, 에리카를 그중 가장 구석에 있는 돌 세 개 앞으로 이끌었다. 켄티가 뭐라고 말을 했다. 모르는 단어와 표현도 섞여 있어 알아듣기 어려웠지만, 에리카는 그 의미를 추정했다.

"바깥, 숲, 움직이지 않아……. 숲 바깥에서 죽었다는 거야? 이 세 마리…… 아니, 세 명이?"

켄티가 마지막 단어를 강조했다.

"투푸피."

"투푸피……. 움직이지 않게 했다. 숲 바깥에서 무언가가 이 켄티펀트들을 죽였다."

켄티는 에리카에게 숲을 떠나지 말라고 경고하고 있는 것이었다. 무언가 숲 바깥에 있다고 경고하면서. 켄티는 아무래도 에리카가 혼자서 켄티펀트 아홉 마리를 죽였다는 걸 모르는 듯했다. 에리카는 켄티를 어떻게 안심시켜야 할지 좋은 생각이 떠오르지 않았다.

"괜찮아, 켄티. 난 그렇게 쉽게 당하지 않아. 그런 짓을 한 녀석을 만나면 내가……."

괜한 말을 꺼낸 것 같다는 생각이 들었지만, 어째서인지 입을 멈출 수가 없었다.

"친구들 복수를 해줄게."

거짓말은 아니었지만 해서는 안 되는 말, 할 자격이 없는 말이었다는 생각에 에리카는 가슴 한편이 무거워졌다.

"켄티, 넌 숲에 남아. 유적지에 있는 물건들을 여기로 가져와도 좋아. 그리고 편한 곳에서 지내. 네 말대로, 바깥은 위험해. 너한테는."

켄티는 설득에 실패했다는 걸 깨달은 건지 어깨와 코가 축 처져 있었다.

"난 다시 돌아올 거야. 그러니 걱정하지 마. 가족을 버려두지는 않……."

켄티가 두 팔로 에리카의 어깨를 감싸안았다. 그리고 에리카의 귓가에 말했다.

"코자그."

켄티가 돌벽에 새겨진 가족들을 보며 처음 했던 말.

"가족."

켄티는 에리카의 말을 알아들은 듯, 더욱 힘껏 안았다.

"그래, 가족."

켄티는 한 걸음 물러서서 에리카의 배낭에 묶여 있던 커다란 식량 주머니를 풀더니 자기 어깨 위로 올렸다. 같이 가겠다는 뜻이었다.

에리카는 허탈하면서도 뿌듯한 미소를 지으며 말했다.

"좋아. 같이 가자. 우린 가족이니까."

초원

 에리카와 켄티는 숲을 뒤로하고 넓은 초원으로 발을 내디 뎠다. 몇 걸음 걷자마자 공기의 밀도가 달라지는 게 느껴졌다. 숲에서는 항상 땅과 나무 사이에 갇혀 있던 바람이, 이제는 거침없이 달려와 두 사람을 스치고 지나갔다. 상쾌한 바람이었지만, 근원을 알 수 없는 위화감이 섞여 있었다. 에리카는 천천히 숨을 들이마셨다. 숲 특유의 짙은 흙냄새와 습한 향기가 옅어지고, 대신 바싹 마른 풀과 먼지 냄새가 감돌았다. 하늘은 폐허 옥상에서 보던 것보다 훨씬 넓고 맑게 느껴졌다. 에리카에게는 그런 개방감이 오히려 불안하게 다가왔다. 이제는 어디에도 몸을 숨길 곳이 없었다. 켄티는 앞서 걸으며 주위를 두

리번거렸다. 새로운 환경에 대한 경계심 때문인지, 아니면 무언가를 찾고 있는 건지 알 수 없었다. 시간이 얼마 지나지 않아, 에리카는 켄티가 왜 그렇게 초원을 주의 깊게 살펴보고 있었는지 깨달았다.

한 시간 쯤 걸었을 때, 흙과 잡초에 절반쯤 묻혀 있는 짐승의 사체를 발견했다. 크기가 꽤 컸다. 에리카는 처음엔 단순히 오래된 동물의 뼈라고 생각했지만 가까이 다가가고 나서야 그게 아니라는 걸 깨달았다. 켄티펀트였다. 사체는 오랜 비와 바람, 강렬한 햇빛에 노출되어 있었다. 가죽과 근육은 거의 사라졌고, 뼈는 건조한 바람에 깎여 매끈해졌다. 길게 남아 있는 두 코의 흔적, 네 개의 튼튼한 다리뼈 그리고 특징적인 신체 비율을 보면 명백하게 켄티펀트의 것이었다.

켄티는 말없이 그 앞에 섰다. 그리고 천천히 무릎을 꿇었다. 손가락처럼 갈라진 코끝이 바닥을 더듬었다. 부드럽게, 조심스럽게. 마치 떠나간 영혼에게 보내는 인사처럼. 에리카는 숨을 죽인 채 켄티의 반응을 지켜봤다. 켄티는 얼마 동안 가만히 앉아 있더니, 주위를 둘러보며 적당한 크기의 돌을 찾아오기 시작했다. 그러고는 사체 앞에 가지런히 놓기 시작했다. 에리카가 그 의미를 깨닫는 데는 오랜 시간이 걸리지는 않았다.

"같이 하자."

켄티는 대답하지 않았다. 에리카는 주변을 둘러보다가 적당한 돌을 찾아와 켄티를 도왔다. 둘은 말없이 사체 앞에 자그만 돌탑을 쌓았다. 이윽고 작지만 단정한 묘비가 완성되었다. 켄티는 마지막으로 사체의 두개골을 쓰다듬고는 자리에서 일어났다. 그리고 이제 출발하자는 듯 에리카를 바라보고는 다시 걷기 시작했다.

그날 밤, 에리카와 켄티는 텐트를 세우기 전까지 다섯 개의 묘비를 더 만들어야 했다.

*

사흘째 해가 저물 무렵, 에리카는 언덕 위에서 지평선을 바라봤다. 방주는 여전히 저 멀리, 초원 끝자락에서 작지만 육중한 실루엣을 유지하고 있었다. 처음 봤을 때보다 가까워지기는 했지만, 아직 갈 길이 멀어 보였다. 게다가 초원 전체가 완만한 언덕의 연속이라서 실제로 걸어야 하는 거리는 더 길었다.

"켄티, 생각했던 것보다 더 먼 것 같아."

에리카가 언덕 아래로 시선을 돌렸다. 켄티는 자그만 개울에서 물을 마시고 있었다. 낮게 웅크린 자세로 코의 연장인 두 손을 포개 연못에 담근 다음 물을 퍼 올려 마셨다. 에리카가 알고 있는 코끼리의 모습과 사람의 모습이 겹쳐진 듯했다. 퀜티는 마실 만큼 마신 뒤, 에리카를 위해 물병에도 물을 담았다.

초원 여기저기에 자그만 개울이나 물웅덩이가 있어서 당장 마실 물은 큰 걱정이 없었다. 문제는 음식이었다. 숲에서는 필요할 때마다 나무에서 과일을 딸 수 있었다. 가끔은 사냥으로 고기를 확보하기도 했다. 하지만 초원에서는 다섯 시간 동안 걸어도 제대로 된 과일 한 줌을 찾기 어려웠다.

에리카는 주머니에서 체리 크기의 파란 과일을 하나 꺼내 잠시 손바닥 위에서 굴리다가 의심스러운 얼굴로 입에 넣고 씹었다. 목구멍을 틀어막고 싶은 불쾌한 쓴맛이 입안에 퍼졌다.

"퀜티, 물, 물!"

퀜티는 에리카의 입가에 흘러나온 파란 과즙을 보고 상황을 짐작하고는 언덕 위로 올라와 물병의 뚜껑을 열어서 에리카에게 건넸다. 에리카는 물로 입을 씻은 다음 쓴 약처럼 꿀꺽 삼켰다. 조금 전 발견한 나무에서 딴 과일이었다. 초원의 과일은 이런 식이었다. 간혹 과일이 달린 나무를 발견해도 너무 작거나 맛이 형편없었다. 그나마 먹을 만한 식량을 아낄 용도로 조금씩 챙겨두는 걸로 만족해야 했다.

에리카는 지평선을 바라보며 말했다.

"퀜티, 지평선 너머에는 어떤 일이 기다리고 있을까?"

그러고는 켄티가 어깨에 짊어지고 있는 식량 배낭을 열어서 내용을 확인했다. 누가 먹으라고 넣은 건지 알 수 없는 초원의 열매들이 가득했다. 숲에서 가져온 음식은 어젯밤 대부분 사라졌다. 충분히 가져왔다고 생각했지만 부패 속도가 생각보다 빨랐다. 훈제한 이상한 토끼 고기는 이틀 만에 수상한 냄새를 풍기며 색이 변해 버렸다. 과일이나 말린 뿌리, 그리고 한 번밖에 수확하지 못했던 곡물은 이튿날 저녁이 되자 대부분 곰팡이로 뒤덮였다. 숲에서는 이런 적이 없는데, 초원의 식물이나 켄티펀트의 사체에서 무언가 유입된 것일지도 몰랐다.

"앞으로 적어도 사나흘은 더 가야 할 거 같은데. 하루이틀 더 걸릴 수도 있고."

에리카는 켄티의 어깨에서 짐을 내려놓았다.

"오늘은 여기서 조금 일찍 쉬자."

에리카와 켄티는 능숙한 동작으로 간이 텐트를 세웠다. 켄티가 잔뜩 농축된 송진이 묻은 나뭇가지를 텐트 주변에 울타리처럼 하나하나 꽂는 동안, 에리카는 텐트 앞에 모닥불을 피웠다. 가끔 불에 송진을 넣어 냄새를 퍼뜨렸다. 숲에서는 많은 동물들이 송진 냄새를 싫어했다. 이곳에서도 그러기를 바랐다.

어둠이 내려앉고 별이 떠올랐을 때, 에리카가 모닥불 앞에 앉아 켄티에게 말했다.

"어른들이 보여준 거지? 저 건물 말이야."

켄티는 텐트 내부를 정리하고 나와서는 에리카 옆에 앉았다. 대답하지는 않았지만 긍정하고 있다는 걸 에리카는 알았다.

"널 그렇게 지켜주려고 했는데, 왜 굳이 위험한 댐까지 건너가서 보여준 걸까?"

켄티는 자기도 모르겠다는 듯이 조용히 불을 응시했다.

"그리고 넌 왜 내게 저걸 보여준 걸까? 처음에는 분명 내가 저기로 가려던 걸 막았잖아. 그러니까 넌 내가 저기로 갈 원해서 보여준 건 아니었던 거지."

켄티가 별들을 향해 고개를 들었다. 에리카도 하늘을 바라봤다. 처녀자리 성운이 머리 위에서 그들을 내려다보고 있었다. 이제 저 우주의 눈동자도 말 없는 이웃의 친절한 눈빛처럼 느껴졌다. 처음 봤을 때 느꼈던 경이와 경외의 감각이 사라진 건 아니었다. 여전히 저 눈동자의 손바닥에서 노닐고 있다는 느낌을 지울 수 없었다. 다만 이제 모든 게 익숙해졌을 뿐이었다.

"일찍 자고 내일은 서둘러 출발하자."

에리카가 말했다. 켄티도 알겠다는 듯 고개를 끄덕였지만, 둘은 처녀자리 성운이 지평선 위 방주 너머로 질 때까지 텐트로 들어가지 않았다.

*

 아침이 밝아올 무렵, 초원의 바람이 텐트를 스치며 조용히 입구를 펄럭였다. 텐트 안은 여전히 어두웠지만, 에리카는 바깥에서 들려오는 희미한 소리에 잠에서 깼다. 풀을 헤치는 사각거리는 마찰음. 무언가 움직이고 있었다. 퀜티는 아직 자고 있었다. 바깥의 낯선 기척을 느끼지 못하고 길게 숨을 들이쉬고 있었다. 에리카는 몸을 숙이고 조용히 텐트 바깥으로 나왔다. 천천히 이동하며 언덕 아래를 바라봤다. 누군가 있었다.
 처음에는 인간인 줄 알았다. 멀리서 보면 분명 인간의 형태였다. 두 발로 서서 움직이고 허리를 곧게 세우고 있었다. 하지만 자세히 들여다보니 달랐다. 인간과 비슷한 얼굴을 가지고 있지만, 전신에는 길고 거친 털이 듬성듬성 나 있었다. 팔과 다리는 비정상적으로 길었고, 그에 비해 동체의 크기는 작았다. 흉부는 짧았고, 복부는 흉부의 두세 배 정도로 보일 만큼 길었다. 전반적으로 날렵하고 마른 체형이었지만, 어딘가 균형이 맞지 않는 기이한 신체였다. 그리고 무엇보다 도구를 사용하고 있었다. 만듦새는 어설펐지만 분명 돌과 나무, 가죽으로 만든 창과 방패였다.
 유인원은 초원의 야생동물을 사냥한 직후였다. 에리카는

초원에서 낮에 동물이 돌아다니는 걸 본 적이 없었기에, 유인원이 사냥한 건 아무래도 야행성 야생동물인 것 같았다. 유인원은 야생동물의 고기나 가죽을 챙기는 대신 크고 단단한 뼈만 골라냈다. 손에 들고 흔들어보거나 창끝으로 두드리며 무게와 강도를 확인하는 걸 보니, 아무래도 도구로 사용하려는 듯했다.

도구를 만들고 사냥할 줄 안다. 지능이 있다. 그리고 폭력적이다. 여기까지 오면서 본 켄티펀트를 죽인 것도 저 녀석일 것이다.

'숲속에 있던 켄티펀트들은 저 기이한 유인원에게서 도망쳤던 거야.'

에리카는 뒤이어 생각했다.

'그래서 아마 저 녀석과 닮은 날 두려워했던 거고.'

하지만 유인원은 인간과 어떤 식으로든 연관이 있는 건 분명해 보였다. 어쩌면 방주에 타지 못한 사람들의 후손일지도 몰랐다. 에리카가 복원하려고 했던 그 유적지를 지은 이들의 자손. 재앙을 가까스로 견딘 다음, 과거의 영광을 잊은 채 새로운 환경에 적응하고 변화해온 아이들의 아이. 새롭게 적응한 인간, 호모 노밥투스(Homo Novaptus).

사실 퇴화라는 말이 먼저 떠올랐지만 에리카는 그 말을 쓰고 싶지 않았다. 그건 지극히 인간중심적인 표현이었다. 저들은 기존의 인간이 결코 견뎌내지 못한 환경에서 살아남을 수 있도록 나름의 진화를 거친 것일 뿐이었다. 자연선택의 결과이자 자연의 당당한 일부였다.

에리카는 고개를 저었다. 감상에 빠져 있을 때가 아니었다. 저들의 직계 조상 중에 에리카의 친구들이 있건 없건, 지금은 경계 대상이었다. 켄티펀트들의 경험에 따르면, 저 녀석은 분명 굉장히 난폭하고 호전적일 터였다. 고기를 필요로 하지도 않으면서 오직 뼈를 얻기 위해 다른 동물을 죽였다는 것만 봐도 그랬다. 정말 인간의 후손다웠고, 그래서 위험했다.

어느새 잠에서 깨어난 켄티가 슬며시 에리카 옆으로 다가왔다. 켄티도 낯선 존재를 살피고 있었다.

"켄티, 날 봐."

켄티가 에리카에게 고개를 돌렸다.

"나, 좋은 사람. 굿 피플."

에리카는 유인원을 가리켰다.

"저기, 나쁜 사람. 배드 피플."

켄티는 알겠다며 고개를 끄덕인다. 켄티가 좋고 나쁘다는 말 정도는 어려움 없이 이해해서 다행이었다.

"이 주변이 배드 피플의 구역일지도 몰라. 그렇지 않아도 식량이 부족한데 돌아서 갈 여유는 없어. 가로질러 가야 하는데, 그러려면 먼저 저 녀석을 살펴야 할 거 같아."

에리카는 텐트로 기어가서 기둥을 해체해 납작하게 만들었다. 그리고 그 위로 흙과 풀을 덮어 최대한 눈에 띄지 않게 만들었다. 텐트까지 챙기면 짐의 부피가 너무 커졌다. 지금은 가벼운 움직임이 중요했다. 다른 짐들을 챙긴 에리카는 다시 켄티 옆으로 다가갔다. 용무를 끝낸 듯한 배드 피플은 다행히 더 먼 곳으로 이동하고 있었다.

"일단 멀리서 따라가야겠어. 어차피 우리도 저쪽으로 가야 하니까."

에리카는 배드 피플과의 거리가 적당히 멀어질 때까지 기다렸다가 천천히 뒤따라갔다. 켄티는 뒤에서 잠시 지켜보다가 에리카를 따라갔다.

배드 피플

 에리카와 켄티는 낮게 몸을 숙이고 초원의 풀숲을 조심스럽게 헤치며 전진했다. 바람이 느릿하게 풀을 스치고 지나갔다. 낮은 언덕 너머로 배드 피플의 거처가 보였다. 나무와 커다란 잎, 동물의 가죽 따위로 만든 허술한 집. 땅 위에 세웠다기보다는 땅 아래에서 솟아났다는 느낌이었다. 땅속으로 반쯤 들어간 공간이 세 칸 정도 있었고, 그중 한 곳에는 기이하게 생긴 2층도 있었다. 정교한 계단 대신 거칠게 깎아낸 나무 기둥을 타고 올라갈 수 있도록 되어 있었다. 넓은 마당에는 사냥에 쓰일 법한 여러 물건과 밤중에 사냥해 온 것, 죽은 동물의 가죽과 뼛조각이 널브러져 있었다. 배드 피플은 마당에 널

브러져 있는 물건들을 하나둘씩 실내로 옮겼다. 아무래도 밤부터 새벽이나 아침까지만 외부 활동을 하는 것 같았다.

에리카는 풀숲 너머에서 배드 피플의 움직임을 지켜봤다. 배드 피플은 둘이었다. 수컷과 암컷 한 쌍으로 보였다. 수컷은 정리를 대충 마치고는 조금 전 새로 가져온 뼛조각을 돌칼로 다듬기 시작했다. 암컷은 농기구처럼 생긴 어떤 물건을 고치고 있는 것처럼 보였다. 그들은 단순한 원시 부족이 아니었다. 어설프지만 농사를 짓고 있었고, 거처의 한쪽 구석에는 동물을 가두고 있을 법한 울타리도 보였다. 처음엔 울타리 안에 단순한 가축들이 있을 거라고 생각했다. 그러나 에리카는 잠시 뒤 울타리 안을 보고서는 숨이 멎는 듯한 충격을 받았다.

켄티펀트였다. 여섯 마리가 목줄에 묶인 채 우리 안에서 서로 몸을 기대고 웅크리고 있었다. 튼튼한 나무 기둥과 굵은 밧줄로 묶인 울타리에는 날카로운 돌과 뼈들이 곳곳에 박혀 있어서 탈출은 쉽지 않아 보였다. 켄티펀트들은 모두 지쳐 보였고, 고개를 숙이고 있거나 무기력하게 허공을 바라보고 있었다. 켄티는 말없이 그 모습을 바라보았다. 켄티의 긴 코끝이 살짝 떨렸다.

수컷 배드 피플이 작업을 멈추고는 기다란 나무 막대 끝에 날카로운 뼛조각을 단단히 묶었다. 순식간에 그럴싸한 창이 하나 만들어졌다. 배드 피플은 창의 무게를 잠시 확인하더니 창을 들고 울타리 안으로 들어갔다. 그리고 켄티펀트 한 마리를 향해 능숙한 동작으로 창을 던졌다. 에리카는 자기도 모르게 몸을 잔뜩 움츠렸다. 켄티는 얼어붙은 것처럼 몸이 굳었다.

창은 땅에 박혔다. 하지만 켄티펀트 한 마리의 어깨를 스치고 지나갔고, 켄티펀트들은 불안한 듯 주변을 서성거렸다. 켄티펀트들이 도망갈 곳은 없었다. 배드 피플은 다시 창을 들어 올리고 자세를 잡았다. 그리고 좀 더 멀리 있는 켄티펀트에게 던졌다. 이번에는 다리를 스쳤다. 켄티펀트들은 두려움에 우리 가장자리를 빠르게 맴돌았다. 그러나 튀어나온 가시 때문에 울타리에 접근조차 하지 못했다. 배드 피플은 비슷한 행동을 계속 반복했다. 원한다면 목줄을 잡아당겨 울타리에 묶어 두고 찔러버릴 수 있을 텐데도 그러지 않았다.

에리카는 그 순간 깨달았다. 배드 피플은 놀이를 하고 있었다. 다리를 절뚝거리거나 몸 여기저기에 아문 흉터가 있는 켄티펀트들을 보니 이번이 처음이 아닌 것도 분명했다.

켄티는 몸을 앞으로 기울였다. 켄티의 코끝이 소리 없이 떨렸다. 에리카는 켄티의 어깨에 손을 올리며 진정시켰다. 에리카도 분노가 치밀어 올랐지만, 지금 나서면 승산이 그리 높지 않았다. 이곳은 저들의 영역이었고, 저들은 도구를 사용하여 사냥했다. 자칫 퀜티까지 위험해질 수 있었다. 그리고 무엇보다, 에리카에게는 더 큰 목적이 있었다. 여기서 너무 많은 걸 감수할 수는 없었다. 에리카에게는 지울 수 없는 과거가 있었다. 아무리 억지로 정당화한들, 달라지지 않는 사실이 있었다. 에리카는 퀜티의 가족을 몰살 시켰다.

"퀜티, 우리 조금 더 기다리자. 저 녀석들이 안으로 들어가서 잠들 때까지."

퀜티가 에리카를 돌아봤다.

"기다려야…… 승산이 있어."

에리카는 퀜티를 붙잡고 천천히 뒤로 물러섰다. 그리고 왔던 길을 돌아가 텐트를 감춰뒀던 곳까지 돌아왔다. 그곳에서 모든 짐을 꺼내 다시 정리했다. 적어도 내일까지는 필요할 때 언제든 몸을 가볍게 만들 수 있도록 했다. 새로운 화살을 더 만들고 활을 보강했다. 그리고 배드 피플이 버리고 간 동물의 뼈를 이용해 여분의 칼을 만들어 퀜티에게 건넸다. 하지만 퀜티는 거절했다.

"걱정하지 마. 네가 이걸 쓸 일은 없을 거야. 혹시나 나한테 필요할 때 던져주면 돼."

퀜티는 무슨 말인지 알겠다는 것처럼 고개를 무겁게 끄덕이고는 칼을 받아 에리카가 만들어준 어깨 주머니에 집어넣었다. 물론 에리카는 켄티가 위험할 때 사용할 수 있도록 준 것이었다. 다만, 쓸 일이 없기를 바라는 건 진심이었다.

*

 해가 중천에 올랐다. 따뜻한 기류가 초원을 휘돌아다녔다. 바람이 풀잎을 스치는 소리는 부드러웠지만, 그 사이로 무겁고 음산한 적막이 깃들어 있었다. 에리카의 예상대로라면 배드 피플에게는 이제 한밤중이나 다름없는 시간이었다. 에리카는 허리를 숙이고 낮은 풀숲 사이로 몸을 숨기며 배드 피플의 거처로 향했다. 긴장된 숨결이 목구멍을 타고 느리게 오르내렸다. 켄티는 따라오지 않겠다고 약속한 대로 뒤에 수그리고 앉아서 가만히 보고 있었다.
 배드 피플의 거처는 밝은 햇빛에 어울리지 않는 정적에 깊이 잠겨 있었다. 나무와 가죽으로 조잡하게 만든 구조물은 가까이서 보니 엉성한 둥지처럼 보였다. 풀숲 뒤에서 한참을 지켜보았지만, 움직임은커녕 인기척도 느껴지지 않았다. 예상대로였다.
 에리카는 천천히 풀숲을 빠져나왔다. 조용히 그리고 매끄럽게 발걸음을 옮겼다. 한동안 기척이 없는 걸 확인한 다음, 살

배드 피플 149

짝 몸을 숙이고 건물 뒤쪽으로 돌아갔다. 벽에는 짧은 가죽 줄기가 엉망으로 엮여 있어 손잡이처럼 사용하기에 딱 좋았다.

어디선가 거친 숨소리가 들렸다. 일정한 간격으로 들려오는 낮은 코골이 소리. 배드 피플 둘 중 하나, 아니면 둘 다 잠들어 있다는 뜻이었다. 에리카는 후자에 운을 걸었다. 반지하 세 칸 중 창고로 보이는 곳의 입구 앞에서 몸을 숙였다. 내부는 반쯤 그늘에 잠겨 있었고, 희미한 빛줄기 몇 개만 나뭇잎 사이로 들이비치고 있었다. 에리카는 최대한 몸을 낮추고, 천천히 조심스럽게 안으로 들어갔다.

비린내가 먼저 퍼졌다. 짙은 흙냄새와 동물의 분비물, 자극적인 탄내가 뒤섞여 있었다. 역시 창고였다. 한쪽 벽에는 수확한 지 제법 돼 보이는 말린 풀과 씨앗 같은 것들이 잔뜩 쌓여 있었다. 그리고 그 위로 주먹보다 조금 더 큰 과일들이 마구잡이로 얹혀 있었다. 에리카는 천천히 다가갔다. 익숙한 향이 났다. 숲에서 나는 과일들이었다. 하나씩 살펴보니 숲 깊은 곳에서 나는 열매들은 아니었다. 바깥에서 쉽게 채집할 수 있는 것들이 대부분이었다. 초원에서 발견한 작은 나무에서 난 것과 같은 종류의 과일들도 찾아낼 수 있었다.

배드 피플은 사냥과 채집을 위해 숲 근처까지는 가지만, 깊이 들어가지는 않는 듯했다. 켄티펀트가 굳이 숲 깊은 곳에 자리 잡았던 이유가 여기에 있다는 생각이 들었다. 숲에서 본 켄티펀트 무리는 배드 피플의 사육장에서 도망쳤던 게 아닐까? 원시적인 밭 역시 배드 피플에게서 배운 것일 수도 있었다. 어쩌면 숲에서 초원으로 나온 날 목격한 켄티펀트 유해는 배드 피플에게서 도망치면서 희생된 개체들이었을지도 몰랐다. 에리카는 얼른 켄티에게 돌아가고 싶어졌다. 배낭을 열고 과일들을 조심스럽게 담았다. 아직 덜 익은 것은 버렸다. 부패한 과일도 있었다. 한쪽에는 씨앗이 잔뜩 든 자루도 있었다. 이건 챙기지 않기로 했다.

그때 무언가가 에리카의 코끝을 무겁게 때렸다. 고기 냄새. 강렬하고 기름진, 혀끝과 위장을 자극하는 향이었다. 에리카는 반사적으로 고개를 돌렸다. 창고의 가장 어두운 구석에 널어놓은 고깃덩어리가 있었다. 불에 익힌 것도 있었고, 훈제된 것도 있었다. 에리카는 짙게 배인 탄내와 눅눅한 지방 냄새를 가슴 깊은 곳까지 들이마셨다. 이틀 동안 제대로 먹지 못했다. 거의 물로만 버텼고, 자그만 과일 몇 알로만 허기를 달랬다. 그마저도 흙을 씹는 게 낫겠다는 생각이 들 만큼 강렬한 쓴맛 때문에 삼키기도 어려웠다. 에리카는 고기 한 점을 손으로 찢어 입에 넣었다. 익숙한 식감. 부드러운 살결이 풀어지며 혀를 감쌌다. 살짝 탄 부분이 바삭하고 찢어지자 촉촉한 속살이 드러났다. 기름기가 입과 목에 퍼지며 풍미가 폭발했다. 맛있었다.

고기도 챙겨 넣기 위해 배낭에서 과일을 꺼내 빈자리를 만들려고 하는데, 고기 옆에 있는 뼈 더미가 눈에 띄었다. 뼛조각들은 부위에 따라 일정한 형태로 정교하게 잘려 있었는데, 도축을 위한 도구를 써서 손질한 것이 분명했다. 노련한 기술의 흔적에 잠시 넋을 놓고 있을 때, 에리카의 시선에 낯설지 않은 뼈가 눈에 띄었다. 켄티펀트의 뼈였다. 에리카는 숨이 멎었다. 심장도 멎을 것만 같았다.

왜 예상 못 했을까? 분명 배드 피플은 켄티펀트를 사육하고 있었다. 바깥에서 사냥도 했다. 그러니까 켄티펀트는 먹기 위해서가 아니라 노동력을 위해서 사육하고 있었을 것이다. 에리카는 그렇게 생각했다. 그렇게 생각했다고 믿고 싶었다. 정말 옆에 있는 켄티펀트의 뼈를 보지 못했던 걸까? 어두웠으니까. 그러나 보이지 않을 정도는 아니었다. 에리카는 침을 꿀꺽 삼켰다. 기름진 감칠맛이 목을 타고 내려갔다. 에리카는 황급히 초원의 과일을 여러 알 집어 들고 입안에 쑤셔 넣었다. 강렬한 쓴맛이 덮쳤다. 에리카는 일부러 잘근잘근 씹으며 즙을 짜냈다. 입안에 있는 모든 걸 씻어내고 싶었다. 하지만 이미 늦었다. 훌륭한 고기 맛을 본 목구멍과 위장은 꿈틀거리며 더 많은 걸 요구했다. 예민한 코는 더 많은 고기가 있다며 에리카를 설득했다.

에리카는 피가 날 만큼 입술을 깨물어 정신을 바짝 차렸다. 단호하게 뒤를 돌아 배낭을 어깨에 단단히 두르고 창고를 빠져나왔다. 햇빛이 눈부셨다. 초원과 지상의 공기가 후끈하게 느껴졌다.

"켄티펀트."

에리카는 낮게 몸을 숙이고 천천히 켄티펀트 우리로 나아갔다. 어디선가 간간이 들려오는 거친 숨소리가 그들이 여전히 깊이 잠들어 있다는 걸 알려줬다.

울타리에 잔뜩 박힌 가시들은 가까이서 보니 생각보다 훨씬 크고 길었다. 켄티펀트들은 우리 안에서 얌전히 웅크리고 있었다. 오늘 아침 수컷에게 괴롭힘을 당한 녀석들은 다른 개체에게 몸을 기대고 눈을 감고 있었다. 잠든 것 같지는 않았다. 그들 모두의 귀에서 낯익은 무언가가 반짝였다.

귀걸이. 숲에서 처음 봤을 땐 단순한 장식이라고 생각했지만, 이제 확신할 수 있었다. 이건 가축을 관리하기 위한 표식이었다. 어디서 만든 걸까? 주변에 금속을 가공할 만한 공간이나 장비, 도구는 보이지 않았다. 어쩌면 광산 같은 곳이 있어서 그곳에서 만드는 것일 수도 있었다. 숲속 켄티펀트들은 역시 이곳에서 탈출한 개체들이었다. 배드 피플의 손에서 벗어나 숲속으로 도망쳐 새 보금자리를 찾은 것이다. 그리고 숲에서 처음 태어난 켄티. 가축으로 태어나지 않았기에, 켄티는 귀걸이가 없었다. 그래서 켄티를 그렇게 필사적으로 지키려고 했던 것이다.

에리카는 천천히 숨을 내쉬었다. 그리고 다시 움직였다. 최대한 소리를 죽이고, 발자국을 남기지 않도록 조심스럽게. 우리로 다가가자, 몇몇 켄티펀트가 에리카를 향해 고개를 돌렸다. 그들의 눈동자에는 체념과 피로, 그리고 희미한 경계가 담겨 있었다. 위장이 무겁게 뒤틀렸다. 에리카는 사라진 켄티펀트들에게 말했다.

"미안해."

우리의 구조는 단순했지만 견고했다. 문은 굵은 나무 두 개를 엮어 만든 장대가 가로막고 있고, 그 위로 두 개의 가죽끈이 단단히 감겨 있었다. 에리카는 칼을 꺼내 조심스럽게 가죽끈을 잘랐다. 약 25000년 전의 기술로 만든 칼이었기에 가죽은 칼질 몇 번 만에 쉽게 끊어졌다. 나머지 끈도 끊어버린 다음, 장대를 힘껏 밀어 올렸다. 에리카의 예상과 달리 단단히 고정되어 있지 않던 장대의 반대편이 둔탁한 마찰음을 내며 미끄러지다가 바닥으로 떨어졌고, 울타리 한쪽이 커다랗게 우지끈 소리를 내며 부서졌다.

바람이 날카로워졌다. 에리카가 몸을 숙이자마자 수컷 배드 피플이 허겁지겁 뛰쳐나왔다. 그는 바닥에 널려 있는 장대를 보더니 이내 무너진 울타리를 확인했다. 켄티펀트들이 어쩔 줄 몰라 하며 발을 동동 구르고 있었다. 배드 피플의 얼굴이 험악하게 일그러졌다. 그는 울타리 구석에 숨어 있던 에리카를 발견하고는 낮게 으르렁거리며 창을 집어 들고 곧장 에리카를 향해 달려들었다. 에리카는 본능적으로 몸을 옆으로 비틀며 뛰었다. 커다란 창이 날아와 방금까지 에리카가 숨 쉬던 공기를 거칠게 가르고 울타리에 박혔다.

배드 피플은 에리카에게 직접 달려들었다. 이번엔 맨손이었다. 에리카는 무기를 꺼낼 겨를이 없었다. 배드 피플은 놀라울 만큼 날렵한 동작으로 에리카의 몸을 붙잡고 밀었다. 순식간에 균형이 무너졌고, 에리카는 뒤로 쓰러졌다. 배드 피플은 거친 손으로 에리카의 목덜미를 움켜쥐고는 칼을 빼앗아 던져버리고, 활과 화살까지 빼앗으려고 했다.

땅이 묵직하고 빠르게 울렸다. 그리고 눈 깜짝할 사이에 배드 피플의 몸이 허공으로 날아갔다. 비명조차 들리지 않았다. 에리카는 벌겋게 달아오른 목을 어루만지며 몸을 일으켰다. 덩치 큰 켄티펀트 한 마리가 바닥에 굴러떨어진 배드 피플에게 달려가더니 무거운 발로 짓밟아버렸다. 에리카는 고개를 옆으로 돌렸다.

잠시 뒤, 덩치 큰 켄티펀트가 에리카에게 다가왔다. 에리카는 그의 발을 보지 않으려고 노력하면서 천천히 일어섰다.

"고마워."

켄티펀트는 에리카에게 칼을 건넸다. 방금 배드 피플이 빼앗아 던져버린 칼이었다.

"네가 날 살렸어……."

에리카는 켄티펀트를 바라봤다. 켄티펀트들은 다들 조금씩 다른 생김새를 하고 있었는데, 지금 눈앞에 있는 이 덩치 큰 개체는 왠지 켄티와 닮아 보였다.

"켄토. 멋대로 지어서 미안하지만, 편의상 켄토로 부를게. 나중에 이름을 알려줘. 고마워, 켄토."

에리카는 가벼운 목소리로 말하며 칼을 집어 들어 허벅지 칼집에 꽂아 넣었다. 켄토는 그런 에리카를 경계심 가득한 눈빛으로 바라봤다. 분명히 위기에서 도와줬음에도 에리카를 여전히 믿지 못하는 것 같았다. 어쩌면 지금 이 순간에도 에리카의 위장 속에서 녹아내리고 있을 동족의 고기 냄새를 맡은 것일지도 몰랐다. 에리카는 불편한 표정으로 우리를 둘러봤다. 우리 바깥으로 나온 켄티펀트는 켄토뿐이었다.

"숲에 살던 너희 동족이 저 언덕 너머에 있어. 그래서 말인데…… 음…….”

에리카는 켄티펀트의 언어를 사용하려고 노력해봤지만 적당한 단어가 떠오르지 않았다. 켄티펀트들이 자신들을 뭐라고 부르는지도 몰랐다.

켄토가 말했다.

"휘브나 뷸로."

'휘브나'는 '조심'이나 '주의'라는 뜻이었다. 그리고 '뷸로'는 에리카가 아는 바로는 '인간'이라는 뜻이었다. 켄토는 '조심해, 인간.'이라고 말하고 있었다.

"알아. 조심할 거야. 그러니까 이제 같이 가자. 다른 녀석이 깨기 전에."

그때 둔탁한 파열음이 들렸다. 무언가 깊숙이 박히는, 살점이 찢어지는 소리였다. 켄토의 허리에 커다란 창이 깊이 박혀 창날이 아래를 꿰뚫고 뒤쪽으로 튀어나와 있었다. 켄토가 비틀거렸다. 켄토는 곧 넘어질 듯한 몸을 버텨내며 에리카에게 말했다.

"휘브나 뷸로. 엔 발 투리, 시 로 타."

'투리'라는 단어가 묘하게 익숙했다. 뒷 문장 전체를 어디서 들어본 것 같았다. 에리카가 더 짐작해볼 틈도 없이 켄토는 쓰러졌다.

에리카는 창이 날아온 곳을 확인했다. 암컷 배드 피플이 그곳에 있었다. 그러나 창을 던진 건 배드 피플이 아니었다. 그 옆에 누군가가 있었다. 배드 피플보다 훨씬 위협적인 존재가 있었다. 그것은 동물의 가죽과 뼈, 이빨과 발톱을 몸 곳곳에 걸치고 있었다. 마치 여러 사냥감을 찢어 몸 일부로 흡수해버린 느낌이었다. 그 험악한 장식 사이로 드러난 피부는 매끄러웠다. 그리고 얼굴. 너무나 익숙한 형상. 에리카의 심장이 터질 것처럼 뛰었다.

'현대인. 호모사피엔스.'

눈을 의심했다. 하지만 의심할 수 없었다. 인간이었다. 약 25000년 전에 에리카와 함께 지구 위를 살아가던 인류. 자신과 같은 존재. 이질감이 파도처럼 밀려왔다. 그의 눈이 커다랗게 반짝였다. 안경을 쓰고 있었다. 약 25000년을 버티지 못했을 것이 분명한 가늘고 얇은 니약한 물건 너머로 에리카를 바라보고 있었다.

'휘브나 뷸로'는 '조심해, 인간'이라는 뜻이 아니었다.

'인간을 조심해.'

인간이 소리를 질렀다. 인간의 목소리는 야수처럼 낮고 거칠었다. 에리카는 그마저도 익숙했다. 인간의 목에서 나오는 발성법이었다.

암컷 배드 피플이 반응했다. 어디선가 창과 칼을 집어 들었다. 배드 피플 역시 노예였다. 진짜 지배자는 저 인간이었다.

에리카가 두 손을 번쩍 들며 외쳤다.

"나도 인간이에요. 나도 사람이라고요!"

인간은 반응하지 않았다. 아니, 반응은 했지만 예상과는 정반대였다. 그의 시선이 더 거칠어졌고, 날것의 적대감은 더욱 깊어졌다. 그리고 직접 창을 들었다.

"미치겠네."

에리카는 손을 허벅지로 가져갔다. 칼을 빼내려 했지만, 늦었다. 인간은 몸을 낮추더니 한 손에 든 창을 힘껏 던졌다. 에리카는 몸을 틀었다. 창날이 바로 옆을 스치며 공기를 가르더니 뒤쪽으로 날아가 땅에 깊이 박혔다. 배드 피플과는 투창의 힘과 기술이 달랐다. 에리카는 더 생각할 틈도 없이 땅을 박찼다. 동시에 암컷 배드 피플도 에리카에게 창을 던졌다. 에리카는 땅을 굴렀다. 날카로운 창이 에리카가 지나온 자리를 파고들었다. 에리카는 달리고 또 달렸다.

*

이른 저녁부터 구름이 몰려왔고, 밤이 되자 하늘은 텅 빈 암

흑으로 뒤덮였다. 별도 없고 성운도 없었다. 에리카는 텐트 안에서 몸을 웅크린 채 과일을 씹었다. 신맛과 단맛이 입안에서 섞여들었다. 텐트 내부는 습기 때문에 눅눅했고, 바닥은 울퉁불퉁해서 오래 앉아 있기 불편했다. 지금의 상황은 환경보다 안전이 더 중요했다. 텐트는 언덕 사이 계곡의 구석진 곳에 있었다. 근처까지 오지 않는 한, 잘 보이지 않는 위치인 데다 접근로도 제한적이라 추적당할 가능성이 적었다. 최악의 경우에는 텐트를 두고 도망칠 경로도 있었다.

켄티는 에리카 맞은편에서 과일을 조용히 먹고 있었다. 눈빛이 여전히 불안정했다. 에리카를 바라보는 시선은 차분했다. 눈앞에서 동족이 죽는 걸 봤음에도 패닉에 빠지거나 소리내어 울지 않았다. 대신 천천히 씹고 천천히 삼켰다. 에리카는 손에 남은 과일즙을 닦으며 짧은 숨을 내쉬었다.

"그 인간은 뭐였을까?"

켄티는 아무런 반응 없이 손끝으로 과일 껍질을 벗기고 있었다. 에리카는 어둠 속에서 한동안 생각을 정리했다. 배드 피플을 통제하고 있던 인간은 누구일까? 약 25000년 전, 자신과 같은 시대를 살았던 인간일까? 숲에서 무의미한 복원 작업에 몰두하던 자신처럼, 방주의 실패한 비둘기일까? 깨어난 지 얼마나 되었을까? 혼자였을까? 그가 누구든, 이미 제정신이 아닌 건 분명해 보였다. 짐승처럼 야만적인 모습으로 치장하고 있지만, 눈빛은 오히려 인간답게 또렷했다. 광기와 의지가 섞인 시선. 가까이 다가가기에는 너무 위험했다.

에리카는 켄티를 바라봤다. 켄티펀트를 구하지 못했다. 오히려 켄토를 희생시켰다. 눈을 감고 천천히 숨을 들이마셨다. 켄토를 죽인 창이 떠올랐다. 인간의 눈빛이 떠올랐다. 배드 피플이 던진 창이 허공을 가르고 날아왔던 순간이 떠올랐다.

"미안해."

켄티가 멈칫했다.

"아무도 못 구했어."

켄티는 아무 말 없이 천천히 몸을 일으켰다. 에리카는 그런 켄티를 보지 못한 채 바닥을 내려다봤다. 켄티가 조용히 에리카의 어깨를 감싸자, 에리카는 눈을 크게 떴다. 켄티는 살짝 고개를 숙이며 에리카의 어깨에 손을 올린 채 그대로 있었다.

"켄티?"

켄티는 아무 말도 하지 않았다. 말 대신 조용히 손끝을 움직여 에리카의 어깨를 두드렸다. 어설프지만, 에리카를 위로하는 듯한 손짓이었다.

에리카는 배낭을 확인했다. 가득 채웠던 과일은 허겁지겁 도망쳐 나오면서 넘어졌다가 대부분 떨어뜨렸다. 그나마 몇 개 남아 있기는 했지만 길어야 이틀 정도밖에 먹지 못할 양이었다.

"맞아. 절망하고 있을 틈은 없어. 나한텐 해야 할 일이 있으니까, 그치?"

에리카는 반쯤 먹은 과일을 나뭇잎으로 감싼 다음 배낭에 집어넣었다.

"괜찮아. 풀을 뜯어 먹으면서라도 방주로 갈 거야. 거기서 모두를 깨울 거고. 저 망할 인간하고 엮이지만 않으면 돼. 과일을 도둑맞았으니 쫓아올지도 몰라 그러니 잠깐 쉬다가 내일 새벽 일찍 출발하자."

가벼워진 에리카의 목소리에 켄티는 마음을 놓은 듯 과일을 몇 입 더 깨물어 먹고는 에리카처럼 나뭇잎에 감싸 머리맡에 두었다.

인간

인간의 거처에서 탈출하고 이틀째, 길이 끝없이 이어졌다. 식량은 다시 떨어졌고 에리카는 제대로 된 음식을 먹지 못했다. 숲을 떠난 이후로 잠깐 쉴 때를 제외하면 하루도 빠짐없이 초원의 언덕을 오르내리며 걸었다. 언덕을 하나씩 넘어갈 때마다 몸이 더 가벼워지고 발은 무거워지는 느낌이었다. 힘이 빠져나가고 있었다. 에리카는 허기가 질 때마다 주머니에서 초원의 쓴 과일을 한 알씩 꺼내 씹었다. 처음엔 먹기만 하면 목이 막히고 삼키기도 불편했지만, 이제는 어느 정도 익숙해졌다. 씹을 때마다 입안 가득 번지는 쓴맛도 처음보다는 덜 거슬렸다. 그러나 익숙해진다고 해서 몸이 살아나는 건 아니었다. 풀을 뜯어 먹으면서라도 가겠다고 했던 말은, 진짜 풀을 한 움큼 뜯어 손에 올려놓고서야 얼마나 어리석은 말인지 깨달았다. 풀을 씹어보려고는 했다. 그러나 입에 넣자마자 거친 섬유질과 풋내가 혀를 휘감았다. 겨우 한두 번 씹고는 뱉었다.

뒤따라오던 켄티의 발걸음도 점점 느려졌다. 에리카가 서둘러 걸음을 옮길 때마다 켄티는 따라오지 못하고 한 박자 늦게 반응했다. 평소 같으면 가볍게 달려와서 에리카 옆을 나란히 걸었을 텐데, 이제는 조금만 빠르게 걸어도 뒤처졌다. 켄티는 초원의 풀도 어떻게든 먹을 수는 있었다. 하지만 제대로 소화하는 건 완전히 다른 문제였다. 켄티는 숲에서 나고 자랐고, 그곳에서 난 과일과 뿌리식물들을 먹으며 살아왔다. 초원의 풀은 질겼고 소화하기 어려웠다.

"켄티, 괜찮아?"

에리카가 뒤를 돌아보았다. 켄티는 가느다란 숨을 쉬며 고개를 들었다. 몸을 앞으로 숙이며 천천히 고개를 끄덕였다. 하지만 금방 다시 고개를 숙였다. 에리카는 주머니를 뒤져 유독 푸른빛을 내는 과일을 골라냈다. 초원에서 발견한 열매 중 가장 먹을 만한 것들이었다. 켄티와 똑같은 개수만큼 나눠 가졌지만, 켄티는 에리카보다 체중이 더 많이 나갔다. 똑같이 나누는 건 공정하지 않았다는 걸 에리카는 뒤늦게 깨달았다.

"이거 먹어."

켄티가 고개를 들어 에리카를 바라보았다. 잠시 망설이는 듯하더니, 결국 천천히 손을 뻗어 과일을 받아먹었다. 에리카는 켄티가 과일을 삼키는 걸 지켜보면서 주머니를 뒤적거렸다. 이제 쓴 과일조차 서너 알 정도밖에 남지 않았다.

지평선에 닿아 있던 방주는 점점 더 아래로 내려왔다. 처음 초원에서 방주를 발견했을 때는, 그것이 마치 먼 호수 위에 떠 있는 것처럼 보였다. 그러나 이제는 달랐다. 지평선 아래의 땅에 닿아 있었다. 아주 가까운 것 같았다. 하늘이 붉게 물들기 시작했다. 방주는 가까이 있었지만, 도달할 수 있을 거라는 확신이 점점 사라졌다.

계속 걸었다. 텅 빈 위장이 점점 더 강하게 소리쳤다. 에리카는 마지막 쓴 과일을 먹었다. 물이 아닌 무언가를 삼킬 때마다 허기는 잠깐 사라졌다가 더 깊은 굶주림으로 돌아왔다. 몸을 지탱하기 위한 최소한의 에너지는 유지되고 있었지만, 이대로는 버티기 힘들었다.

그때, 배낭 아래에서 가벼운 진동이 느껴졌다. 에리카는 걸음을 멈추고 뒤돌아봤다. 켄티가 자신의 배낭 밑을 두드리고 있었다. 에리카의 온몸이 얼어붙었다. 알고 있었던 사실이, 마치 새롭게 떠오른 것처럼 머리를 내리쳤다. 배낭 가장 아래에 넣어둔 켄티펀트의 훈제 고기. 잊고 있었다. 잊으려 했다. 허기의 광기에 사로잡혀 눈을 감고 무의식에 가까운 동작으로 배낭에 집어넣어 올 때조차 그걸 먹는 모습은 상상도 하지 못했다. 하지 않으려고 했다. 아니, 필요할 때 사용할지도 모른다고 애써 정당화했지만, 결국 손대지 않았다. 스스로도 먹을 수 없는 걸 알았고, 무엇보다 켄티 앞에서 동족의 고기를 삼킬 수는 없었다.

켄티는 후각이 뛰어났다. 처음부터 알고 있었을 것이다.

"켄티."

켄티는 다시 한번 배낭을 두드렸다. 먹으라고 하고 있었다. 에리카는 온몸이 무너지는 기분이 들었다. 켄티는 아무 말도 하지 않았다. 비난하지도 따지지도 않았다. 그저 에리카를 살리려고 했다. 걱정하고 있었다. 에리카는 혼란스러웠다.

'켄티펀트는 도대체 어떤 종인 걸까? 켄티는 도대체 어떤 존재일까? 켄티가 자신에게 보내고 있는 종을 초월한 이 감정은 도대체 무엇일까? 자신도 켄티에게 이런 감정을 품을 수 있을까? 인간에게 가능하긴 한 걸까?'

지친 몸이 외쳐대는 강렬한 허기에 에리카의 생각이 끊어졌다. 에리카는 끝까지 버텼다. 배낭 속에 손을 집어넣지 않았다. 그러자 켄티의 길고 우아한 코가, 지구가 낳은 생명의 것으로는 보이지 않는 그 신비로운 손이, 배낭 속에 들어가 고기를 꺼냈다. 그리고 에리카에게 내밀었다.

"아니."

에리카는 물러섰다.

"아니야, 켄티. 미안해. 나는……."

어디선가 초록빛 나뭇잎이 바람을 타고 날아왔다. 그러고는 에리카와 켄티 사이를 둥실 떠 있다 수풀 사이로 내려앉았다. 본 적 있는 잎이었다.

에리카는 고개를 돌리고 바람이 불어온 곳을 응시했다. 나무 한 그루가 언덕 너머로 고개를 살며시 내밀고 있었다. 과일나무였다. 에리카와 켄티는 서로의 눈을 한번 바라보고는 나무가 있는 곳으로 뛰어갔다. 어디서 달릴 힘이 나왔는지 알 수 없었다.

나무에는 새파랗고 탐스러운 열매가 주렁주렁 달려 있었다. 열매 하나가 에리카의 주먹보다 훨씬 컸다. 그리고 에리카와 켄티의 배낭에 모두 들어가지 않을 만큼 많았다. 에리카가 한 입 베어 물자 파란 껍질 아래에 있던 노란 과즙이 폭포수처럼 쏟아졌다. 차가웠다.

에리카는 배낭에서 고기, 아니 켄티펀트의 유해를 꺼냈다. 눈으로 확인하는 순간, 다시 한번 위장이 강하게 꿈틀거리고 코가 머리를 흔들었다. 에리카는 망설임 없이 나무 아래에 구덩이를 파고 유해를 묻었다. 흙을 다시 덮으며 에리카는 조용히 눈을 감았다.

'과거를 묻는다. 이제 오직 앞으로만 나가야 한다.'

에리카는 과일을 한 입 더 물었다. 쓴맛도 풋내도 없었다. 싱그러운 단맛만이 입안 가득 퍼졌다.

둘은 나무에 달린 열매를 모두 땄다. 배낭 속 남은 공간을 가득 채우고, 몇 개는 옷 속에 품었다. 마지막 하나는 켄티펀트의 유해를 묻은 곳 위에 내려놓았다. 그때, 켄티가 갑자기 몸을 낮추더니 에리카의 다리 사이로 머리를 밀어 넣었다.

"잠깐, 잠깐만. 뭐 하는 거야?"

에리카는 균형을 잃고 엉거주춤한 자세로 휘청였다. 예상치 못한 당혹스러움에 벌겋게 달아오른 얼굴로 켄티의 목을 붙잡았다. 그러자 켄티가 목을 들어 올렸다. 켄티펀트의 굵은 목 근육은 에리카의 체중을 가뿐히 들어 올렸다. 에리카는 뒤집힌 자세로 켄티의 등에 올라탔다.

그제야 깨달았다. 켄티는 에리카를 등에 태우려고 한 것이었다. 에리카가 몸을 돌리고 말을 타는 자세로 앉자, 켄티는 에리카를 태운 채로 가볍게 나무 주변을 한 바퀴 돌았다.

"왜 지금까지 한 번도 생각을 못 한 거지?"

에리카는 헛웃음을 터뜨렸다. 켄티도 이해한다는 듯 미소를 지었다. 둘 다 지쳐 있었고, 모든 걸 쥐어짜면서 한 걸음씩 나아가고 있었다. 그러다 한계에 이르렀다. 그런데 왜 처음부터 서로에게 기대지 않았을까? 물론 지금은 에리카가 일방적으로 켄티에게 기대고 있긴 했다. 하지만 지금 그런 것은 에리카에게도 켄티에게도 중요하지 않았다. 이제 둘은 함께할 수 있었다.

둘은 그렇게 다시 방주를 향해 나아갔다.

*

방주까지의 거리는 더 이상 문제 되지 않았다. 방주는 이제 지평선 아래로 반쯤 가라앉아 있었고, 몇 개의 언덕과 낮은 계곡만 넘으면 손에 닿을 듯한 곳에 있었다. 에리카는 왠지 안도할 수 없었다. 오히려 가슴속 깊은 곳에서 묘한 불안이 서서히 밀려왔다. 본능적인 경고였다. 익숙한 무언가가 앞을 가로막을 것이라는 느낌이 들었다. 그리고 이는 곧 실현되었다.

에리카와 켄티는 깊고 가파른 계곡 앞에서 멈춰 섰다. 건너편은 분명히 올라갈 수 있을 정도의 경사였고, 충분히 지나갈 만한 경로였다. 난관은 있었다. 그 계곡을 가로막고 있는 것들이 문제였다. 가장 이동이 원활한 경로에는 원시적이기는 하지만 인간이 만든 게 분명해 보이는 장애물 하나가 덩그러니 놓여 있었다. 그 옆으로 쓰러진 나무들과 그 위를 덮은 가죽, 덩굴이 결합된 길이 하나 있었다. 얼핏 보기엔 자연적으로 만들어진 듯 보였지만, 너무나 의도적인 배치였다. 배드 피플의 손재주로 만들 수 있는 게 아니었다.

"그 인간이 한 짓이야."

에리카와 켄티가 방주로 가려는 걸 막고 싶은 걸까? 아니면 단순히 자기 집에 침입해 소동을 피우고 과일을 훔쳐 간 것에 대한 복수일까? 어느 쪽이든, 인간은 에리카의 동선을 파악하면서 한발 앞서 이곳에 도착한 게 분명했다. 지금도 어딘가에 숨어서 지켜보고 있을 가능성이 높았다. 켄티도 뭔가 이상함을 감지한 듯 경계심을 드러냈다. 코끝으로 주변공기를 조심스럽게 더듬었다. 냄새로 뭔가를 감지하기에는 바람이 너무 약하고 느렸다.

에리카는 주변을 살폈다. 계곡 바닥을 따라가면 저쪽 끝으로 우회할 수 있을까? 라는 의구심이 들었다. 그쪽 경사는 예상보다 더 험난해 보였다. 한번 내려가면 다시 올라오기까지 상당한 시간이 걸릴 터였다. 그리고 그 과정에서 인간이 공격해 온다면 도망칠 방법이 없었다.

"정면 돌파. 다른 길은 없어!"

에리카는 장애물을 향해 조심스럽게 발을 내디뎠다. 퀜티도 조용히 뒤를 따라왔다. 계곡 중간까지 내려오자 성의 없이 쌓은 듯한 나무 벽이 앞을 가로막았다. 혼자서 넘기는 쉽지 않아 보이지만 퀜티의 도움을 받으면 어떻게든 넘어갈 수 있을 것 같았다. 머릿속에 먼저 떠오른 건, 자신이 퀜티의 등에 올라타서 먼저 벽을 넘고, 그다음에 퀜티를 벽 위로 끌어올리는 모습이었다. 여러 생각 중 힘이나 체구를 생각하면 반대 순서가 되어야 한다는 걸 금방 깨달았다.

"퀜티, 내가 밑에서 받쳐줄 테니까 먼저 넘어가. 그다음에 날 끌어 올려줘."

퀜티는 에리카가 한쪽 무릎을 꿇고 앉자 무엇을 하려는지 알겠다는 듯 고개를 끄덕였다. 하지만 에리카가 자기 몸무게를 견딜 수 있을지 걱정하며 망설였다.

"괜찮아. 넌 날 여기까지 업고 왔잖아."

말도 안 되는 논리였다. 퀜티는 숨을 한번 들이마시고는 에리카의 몸을 계단처럼 타고 조금씩 올라갔다. 에리카는 예상보다 훨씬 무거운 퀜티의 무게에 깜짝 놀랐다. 마지막으로 퀜티가 담 위로 뛰어오를 때는 어깨가 부서질 것 같았지만 에리카는 어떻게든 티를 내지 않도록 참았다.

"좋아. 이제 내가 올라갈게. 잡아줄 수 있겠어?"

켄티가 나무 벽 위에서 기다란 팔을 아래로 내렸다. 에리카는 켄티의 팔을 잡았다. 엄밀하게는 코였고, 그렇기에 순전히 근육으로만 이루어져 있어서 움직이는 밧줄 같은 느낌이 들었다. 에리카는 마치 하늘에서 내려온 동아줄을 붙잡는 느낌으로 나무 벽을 올랐다. 그리고 벽이 무너졌다.

쩌적.

반대편 벽 밑에서 커다란 올가미가 튀어나오더니 켄티의 목을 휘감았다. 처음부터 켄티펀트의 제압을 위해 만들어진 도구였다. 올가미는 켄티를 거칠게 잡아당겼고, 켄티는 균형을 잃고 쓰러질 뻔하다가 결국 계곡 바닥에 거친 먼지를 일으키며 끌려갔다.

처음부터 장애물을 돌파해 갈 거라고 예상하고 만든 함정이었다. 에리카는 당했다는 생각에 분한 표정으로 무너진 담 위로 올라갔다. 그곳에서 올가미 끝을 잡고 있는 건 인간이었다. 놀랍지도 않았다. 인간은 주변 나무를 지지대 삼아 만든 이중 도르래로 올가미를 잡아당기며 켄티를 붙잡았다.

인간이 말했다.

"거기로 가봤자 아무것도 없어!"

말을 할 수 있었다. 언어는 완벽하지 않았지만 분명 인간의 언어였다.

"너와 나만이 이 세상 유일한 인간이다. 내가 유일하다, 우리가 유일하다. 너 깨어나기 훨씬 전부터 이 세상을 샅샅이 뒤졌다. 아무도, 아무도 없다. 누구도. 나뿐이다. 너와 나뿐이다."

에리카는 담을 내려와 인간에게, 퀸티에게 한 걸음 다가서며 말했다.

"글쎄. 그날 아침까지 내가 있다는 건 몰랐던데, 아직도 모르는 게 더 있을 수 있지 않을까?"

"넌 내가 부른 거다."

"뭐?"

인간은 올가미 끝을 잡은 채로 에리카에게 다가왔다. 에리카는 다시 뒤로 한 걸음 물러섰다.

"신은 인류가 사라진 이 세상을, 그분은 내게 주었다. 이 세상을 소유하고, 지배하라고 내게, 나한테 주었다. 하지만 나는 이제 늙었다. 후계자가 필요하다. 신께 기도했다. 기다렸다. 후계자가 될 존재를 보내달라고. 그래서 네가 내게로 왔다."

원래 말투가 그 모양이냐고 에리카는 묻고 싶었지만 대신 그보다 더 실질적인 질문을 던지기로 했다.

"그럼 내가 당신 후계자라는 거야?"

"아니다. 나의 아이가, 우리 아들, 후계자 될 것이다. 아, 실패한 아이들! 너, 너와 나는 이 세상 새로운, 새 주인을 낳을 것이다."

'미친놈. 넌 제대로 미쳤어!'

에리카는 인상을 잔뜩 찌푸렸다. 두 번째 캡슐의 여인을 먼저 만나서 너무나 다행이었다. 이 인간이 캡슐에서 나와 처음 만난 인간이라면 정말 절망적이었을 것 같았다.

"미안하지만 난 그럴 생각이 없어. 난 방주로 가서 모두를 깨울 거야. 그럼 후계자가 수십 수백, 어쩌면 수천수만 명이 생길지도 모를 일이잖아. 그냥 길을 좀 비켜줬으면 하는데."

인간은 에리카의 말을 들은 건지 듣지 못한 건지, 아니면 무시하는 건지 알 수 없는 표정으로 머리를 덮고 있던 가죽을 벗었다. 낮게 봐도 80은 넘어 보이는 노인이었다. 처음 봤을 때 매끄럽다고 생각한 건 순전히 털이 없었기 때문이었다. 노인의 얼굴은 곰보와 주름으로 가득했다. 그리고 눈꺼풀은 이상하리만치 빠르게 흔들렸다. 그러면서도 눈이 감기지는 않았다. 노인은 치매를 앓고 있는 게 아닐까? 라는 의심이 들었다. 묘하게 횡설수설하는 말투를 생각하면 아무래도 그런 것 같았다.

"저기, 어르신. 주거 침입한 건 사과할게요. 하지만……."

그 사이, 노인이 한 손으로 올가미 줄을 잡아당겼다. 그러자 도르래가 먼지를 뿜으며 움직였고, 켄티의 목을 감고 있던 올가미가 켄티를 높이 치켜들었다. 켄티가 발버둥 쳤지만, 노인의 팔은 꿈쩍도 하지 않았다. 노인이 치매를 앓든 아니든, 공격력과 힘은 결코 무시할 수 없었다.

"모두, 전부, 내려놓거라. 그리고 나를 따라라. 그러지 않으면 이……. 투리를 죽이겠다."

노인은 켄티를 투리라고 불렀다. 숲의 켄티펀트와 켄토도 투리라는 말을 했었다. 켄티펀트의 원래 이름이 아무래도 투리인 것 같았다. 에리카가 이런 생각을 하며 머뭇거리자, 노인이 다시 한번 줄을 잡아당겼다. 켄티의 네발이 모두 허공에 떠올랐다.

"알았어, 알았다고. 그러니까 일단 저 아이는 풀어 줘!"

켄티의 발이 다시 땅에 닿았다. 에리카는 한숨을 쉬었다.

"알았으니까, 일단 얘기를 좀……."

암컷 배드 피플이 어디선가 튀어나와 에리카에게 달려들었다. 에리카는 생각할 틈도 없이 몸을 숙여 배드 피플이 휘두른 몽둥이를 피했다. 몽둥이 무게 때문에 배드 피플이 잠시 주춤하는 사이, 에리카가 배드 피플의 가느다란 손목을 걷어차자 몽둥이가 바닥으로 떨어졌다. 그러자 배드 피플은 마치 들개처럼 달려와서는 에리카의 어깨를 움켜쥐며 바닥에 쓰러뜨렸다. 에리카는 새하얀 이빨을 드러내며 어깨를 물려고 하는 배드 피플의 머리를 붙잡았다. 몸을 뒤집으려 해봤지만 배드 피플이 재빨리 대응하며 에리카의 움직임을 방해했다. 팔과 다리가 가늘어 보였지만 지방층 없이 오로지 근육으로만 만들어진 것처럼 강했다. 배드 피플이 농사를 짓든 창을 쓰든, 혹은 인간의 후손이든 그들은 지금 에리카를 공격하는 적이었다.

에리카의 팔에 힘이 빠지기 시작했다. 배드 피플의 이빨이 찢어진 옷 위로 드러난 에리카의 어깨를 노렸다. 거품 가득한 침이 흘러내려 에리카의 피부에 닿았다. 뜨거웠다.

노인은 그 모습을 보며 즐거운 표정을 짓더니 올가미 줄을 옆에 있는 다른 나무에 묶었다. 그러고는 옆에 있는 바위 위에 앉아서는 에리카와 배드 피플의 싸움을 바라보며 손을 번쩍 들어 올리고 환호성을 질렀다.

"새 신부를 환영해라! 가족을, 문양을 새겨라!"

에리카의 눈에 배드 피플의 어깨에 있는 이빨 자국이 들어왔다. 수컷에게서는 본 기억이 없었다.

"이것들은 모두 미쳤어!"

에리카가 팔 힘을 완전히 잃기 직전, 무언가 부서지는 소리가 들렸다. 도르래가 걸려 있던 나무가 기울었다. 노인의 얼굴이 일그러졌다. 곧 나무가 쓰러지며 도르래가 해체되었다. 켄티의 무게가 걸린 끈의 장력을 견디고 있던 도르래의 바퀴가 대포알처럼 튕겨나가 노인의 머리를 때렸다. 노인은 얼굴을 감싸고 괴성을 질렀다. 그리고 또렷한 발음으로 말했다.

"에바!"

배드 피플이 노인을 향해 고개를 돌렸다. 노인은 암컷 배드 피플을 에바라고 부르고 있었다. 에바는 아직 상황 파악이 되지 않은 듯 주변을 두리번거렸다. 에리카는 그 틈을 타 허벅지에 있던 칼을 뽑아 에바의 허리에 깊숙이 찔렀다. 에바는 비명을 지르며 옆으로 엎어졌다.

"에바!"

노인이 에리카를 향해 다가오며 외쳤다. 그리고 그때 올가미에서 풀려난 켄티가 노인을 향해 돌진했다. 노인의 몸은 순식간에 허공으로 날아올랐고, 잠시 뒤 얼굴부터 계곡 바닥에 처박혔다. 무언가 부러지는 소리가 났을 법도 하지만, 거칠게 흐르는 물소리에 묻혀 아무것도 들리지 않았다.

에리카는 온몸을 감싸는 통증을 참으며 일어섰다. 그리고 죽어가는 배드 피플, 아니 에바를 바라봤다. 에바는 자신의 죽음을 직감한 것처럼 허탈한, 어쩌면 달관이라도 한 것 같은 표정으로 하늘을 올려다보았다.

에바의 몸에는 상처가 가득했다. 손과 발에는 밧줄에 여러 번 묶였다 풀려난 자국이 짙게 남아 있었다. 역시 수컷에게서는 본 적 없는 흔적이었다. 수컷이 밤마다 사냥을 나갔을 때, 암컷 에바는 노인에게 학대당하고 있었던 게 분명했다. 에리카는 에바의 눈을 바라봤다. 에바도 에리카를 바라봤다. 에바는 지쳤지만 평화로운 표정으로 가느다란 팔을 내밀었다. 에리카는 에바의 손을 잡아줬다. 따뜻했다. 에바는 무언가를 말하려는 듯 입을 움찔거렸다. 하지만 목소리는 나오지 않았다.

"괜찮아. 말하지 않아도 돼. 이해해······."

에바는 옅은 미소를 짓고는 그 모습 그대로 시간 속에 멈춰 버렸다. 에리카는 에바의 눈을 감겨주며 자리에서 일어섰다. 다른 운명이 있을 수 있었을까? 다른 방법으로 만났다면, 에바와도 함께 이곳을 떠날 수 있었을까? 셋이서. 에바와 에리카, 그리고.

"켄티!"

에리카는 켄티에게 달려갔다. 노인을 처리하고는 무사하다고 생각했는데, 착각이었다. 켄티는 계곡 바닥에 힘없이 주저앉아 있었다. 피부색이 창백했다.

"켄티, 어떻게 된 거야? 정신 차려!"

켄티는 뒷다리를 살짝 내밀었다. 허벅지 뼈가 부러져 바깥으로 튀어나와 있었다. 올가미에 묶여 있다가 풀려날 때 떨어지면서 심각한 부상을 입은 것 같았다. 퀜티는 아직 성체가 아니었다. 아직 약했다. 에리카는 퀜티가 자기보다 강하다고만 생각했다. 그렇지 않았다. 아마 노인과 충돌하면서 부상이 더 심해졌을 것이다. 피가 많이 흘러나왔다. 에리카는 배낭을 뒤져 송진이 든 병을 꺼냈다. 텐트 천막도 찢었다. 튀어나온 뼈를 다시 집어넣으려고 시도해보다가 실패하자 일단 출혈이라도 막기 위해 송진을 쏟아붓고 천막을 붕대로 삼아 퀜티의 다리를 묶었다. 그러는 동안 퀜티는 아무 소리도 내지 않았다. 피가 천막을 뚫고 다시 강물처럼 흘러내리는 데는 그리 오래 걸리지 않았다. 부러진 뼈가 중요 혈관을 찢은 것일지도 몰랐다. 위태로웠다.

"안 돼, 퀜티. 정신 차려!"

에리카는 퀜티의 목을 끌어안았다. 퀜티도 에리카를 안았다. 에리카의 어깨를 감싼 퀜티의 팔이, 코가, 그게 무엇이든, 평소와 달리 너무 가벼웠다. 에리카는 그 가벼움을 견딜 수가 없었다.

"이렇게 가면 안 돼. 제발……. 널 지켜주기로 약속했어, 그 약속을 지키게 해 줘……."

퀜토가 마지막으로 한 말이 생각났다.

'엔 발 투리, 시 로 타.'

숲에서 마지막 켄티펀트가 남긴 말도 비슷했다. 이제야 그 의미를 짐작할 수 있었다. '엔 발 투리'. 어린 투리. '시 로 테아'. 그 애는 해치지 말아줘. '시 로 타'. 그 애를 지켜줘.

"내가 다 잘못했어. 그러니까 이러지 마. 내가 숲의 가족들을 모두 죽였어. 모든 게 나 때문이야. 내 욕심 때문이야. 널 데리고 다닌 것도 그래서야. 그래야 마음의 무게를 덜 수 있으니까. 창고에선 고기를 먹었어. 참지 못하고. 내 책임이야. 내가 나쁜 사람이기 때문이야. 그러니까……."

에리카는 켄티의 목에 얼굴을 묻었다. 뜨거운 눈물이 두 피부 사이로 스며들었다.

켄티가 나지막하게 말했다.

"코리……."

켄티가 내민 건 귀걸이였다. 만듦새가 훨씬 엉성했다. 그리고 금속으로 만든 게 아니었다. 나무줄기. 초원에서 자라는 나무들의 가느다란 줄기를 엮어 만든 것이었다. 켄티가 초원을 지나오며 직접 만든 것이었다. 켄티는 에리카가 자기 가족들의 귀걸이를 갖고 있다는 걸 알고 있었다. 켄티는 에리카가 자기 가족들을 죽였다는 걸 처음부터 알고 있었다.

"켄티, 도대체……."

"에리……카, 코자그."

켄티가 조용히 눈을 감았다. 에리카가 소리쳤다.

"가지마. 날 혼자 두고 가지 마!"

에리카는 온몸으로 켄티를 끌어안았다. 켄티의 몸이 식어 가는 걸 허락할 수 없었다. 켄티의 피가 멎었다. 마지막 핏방울이 계곡 수면 위로 물결을 일으키며 떨어졌다. 곧 밤이 찾아왔다. 구름이 걷히고 처녀자리 성운이 계곡 끝자락 위로 모습을 드러냈다. 성운의 빛깔을 듬뿍 머금은 계곡물이 하늘의 무지갯빛 눈동자 속으로 흘러들어갔다.

*

다음 날 아침, 에리카는 무덤 앞에 섰다. 함정의 일부였던 나무 조각과 돌들을 쌓아 만든 두 개의 묘비가 아침 햇살을 맞으며 긴 그림자를 늘어뜨렸다. 하나는 켄티의 것이었고, 다른 하나는 에바의 것이었다. 너무 익숙해 반갑기까지한 바람이 묘비 위에 쌓인 흙과 먼지를 가볍게 쓸고 지나갔다. 왼쪽 귀가 욱신거렸다. 에리카는 손끝으로 귀걸이를 만져봤다. 켄티의 유품. 칼로 직접 귓바퀴를 뚫을 때의 통증이 아직 선명했지만, 이젠 상관없었다. 오히려 그 감각이 남아 있다는 사실이 다행스럽게 느껴졌다.

　에리카는 묘비 앞에서 한동안 말없이 있었다. 어제 흘렸던 눈물은 이제 흔적도 없이 말라 버렸다. 해가 뜨면 더 이상 울지 않기로 했다. 이별의 말도 더 이상 꺼내지 않았다. 이제 떠나야 했다. 돌아볼 수 없었다. 에리카는 발길을 돌리고 어제 노인이 막아서고 있던 언덕을 올랐다. 몸이 무거웠다. 발밑의 흙이 이상할 만큼 깊게 느껴졌다. 얼굴에 퀜티의 체온이 아직 남아 있는 것만 같았다. 그래도 가야했다. 멈춰 설 수 없었다.

　언덕 위에 다다르자 방주가 다시 모습을 드러냈다. 약 25000년을 버텨온 인류의 마지막 희망. 이제 코앞에 있는 것처럼 보였다. 바람이 거세졌다. 에리카는 방주를 향해 걸어갔다.

방주

도시에 도착했을 때, 에리카는 멀리서 바라봤을 때와 같은 인상을 받았다. 폐허. 그러나 완전히 무너진 곳은 아니었다. 적어도 숲에서 본 유적지와는 달랐다. 숲의 폐허는 자연과 동화된 형태였다. 벽을 뒤덮은 덩굴, 지붕을 부수고 뻗어 나온 나무뿌리, 부서진 돌 사이로 자란 잡초들이 건물의 흔적을 서서히 지워가고 있었다. 하지만 이곳은 아니었다.

에리카는 천천히 도시의 가장자리부터 둘러봤다. 이곳의 건물들은 무너진 몇 곳을 제외하고는 지나온 세월에 비해 상태는 지나치게 양호했다. 건축자재가 무엇이든, 시간과 날씨의 영향에서 거의 자유로운 듯 보였다. 표면이 매끈한 벽들은 군데군데 금이 가 있기는 했지만, 돌이 부서지거나 금속이 부식된 흔적은 많이 보이지 않았다.

다만 특이하게도 건물 외벽이 녹아내린 흔적이 곳곳에 보였다. 모든 건물이 자재를 짐작할 수 없을 만큼 굉장히 튼튼해 보였기에, 건물 한쪽 면 전체가 플라스틱처럼 녹아서 흘러내린 모습은 기괴하기 짝이 없었다. 마치 진짜 건물이 아니라 밀랍으로 겉모습만 흉내 내어 만든 가짜 도시 속에 들어온 것처럼 느껴지기도 했다. 이상했다. 진짜 도시 속의 버려진 폐허의 무덤 같았다. 건물 중에는 녹은 채 부서진 것도 있고, 그 파편이 넓게 퍼져서 굴러다니고 있는 걸 보면 녹은 게 먼저고 나중에 시간이 지나며 부서진 것 같았다.

또 하나 기이한 점은 식물이 거의 자라지 않았다는 것이었다. 건물 틈 사이로 잡초 몇 줄기가 고개를 내밀고 있었지만, 숲의 폐허에서 보았던 것처럼 벽을 완전히 덮거나 내부를 차지하고 있지는 않았다. 마치 이곳의 토양이 식물의 성장을 막는 것처럼 보였다.

에리카는 도시의 길을 따라 안으로 들어갔다. 이곳은 분명 과거에 사람들이 살던 시내였을 것이다. 지금은 당연하게도 바람 소리 외에는 어떤 기척도 없었다. 에리카는 한 건물 앞에서 멈춰 섰다. 드물게 반쯤 무너진 건물이었다. 창문은 대부분

깨져 있고, 내부는 어둠 속에 가려져 있었다. 문을 열어볼까 망설였지만, 곧 의미 없는 일이라고 결론지었다.

도시는 거대했지만 텅 비어 있었다. 계속 걸었다. 기묘한 기분이 들었다. 과거의 유적을 걷고 있다는 느낌은 아니었다. 마치 시간에서 동떨어진 거품 속을 떠도는 듯한 느낌. 시간을 거슬러 올라간 것이 아니라, 이곳의 시간 자체가 원래 속해 있던 시간 속에서 떨어져 나온 것만 같았다. 꿈속을 걷는 것 같기도 했다. 그래서 건물도 흘러내리고 있는 걸까?

건물들을 바라보면 볼수록 알 수 없는 위화감이 밀려왔다. 이곳 건축물들은 에리카가 무의식 속에 기억하고 있는 현대 건물과는 사뭇 달랐다. 재료도, 디자인도, 공간 배치도. 그렇다고 해서 과거의 건축 양식도 아니었다. 벽은 직선적이고 기능적인 형태를 유지하고 있었지만, 유리창은 지나치게 얇거나 두꺼웠고, 애초에 유리가 아직까지 남아 있는 곳이 있다는 것도 의문이었으며, 문은 기이하게 작거나, 때로는 분명 누군가 드나들었을 법한 건물인데도 어디에도 입구가 없었다. 거대한 기둥이 아무런 장식 없이 서 있었고, 계단은 계단이라기엔 지나치게 낮거나 가파른 곳에 배치되어 있었다. 어떤 건물은 의도적으로 불규칙한 각도로 기울어 있지만 무너지지 않은 채 그대로 서 있었다.

도시와 건물의 전반적인 모습은 익숙하면서도 익숙하지 않았다. 에리카가 알던 그 어떤 문화권에도 속하지 않았다.

'여기는 어느 나라였을까? 어느 시대였을까? 아니, 정말 인간의 도시였을까?'

에리카는 답을 내지 못한 채, 방주를 향해 계속 걸어갔다. 이윽고 거대한 구조물이 에리카 앞에 나타났다. 단순한 건축물이 아니었다. 도시 전체를 압도하며 하늘을 찌르는 기념비 같은 존재였다. 처음 방주를 멀리서 보았을 때도 가공할 위압감을 뿜어냈지만, 가까이에서 마주한 지금, 인간이 만든 무언가라는 범주에 넣을 수 없는 또 다른 무언가였다.

도시의 건물들은 분명 낯설었다. 그것들은 에리카가 아는 현대 건축물과는 달랐지만, 적어도 건물이라는 틀 안에서는 이해할 수 있는 대상이었다. 그러나 방주는 달랐다. 이질적이었다. 재료부터가 무엇인지 알 수 없었다. 돌도 금속도 아니었다. 매끄럽게 다듬어진 표면은 마치 아기 피부처럼 부드러워 보이면서도, 가까이 다가가면 단단한 광물처럼 빛을 반사했다. 에리카는 손을 뻗어 만져보려다가 멈췄다. 알 수 없는 거부감이 들었다. 마치 만지는 순간, 자신이 그 일부가 되어버릴 것만 같았다.

가장 놀라운 것은 입구였다. 무작정 방주로 오면서 내심 가정 걱정했던 것은 안으로 진입하지 못할 가능성이었다. 방주의 입구는 마치 처음부터 열려 있었던 것처럼 무방비하게 벌어져 있었다. 에리카는 조심스럽게 안으로 발을 들였다. 방주 내부는 어둡지 않았다. 천장과 벽에서 희미한 빛이 새어 나오고 있었다. 마치 자체적으로 빛을 머금은 듯한, 인공조명이라고 하기엔 너무도 자연스러운 은은한 발광이었다.

또 한가지 에리카를 불안하게 만드는 것이 있었다. 모든 보안이 해체된 상태였다. 출입을 통제하기 위해 설치된 것이 분명해 보이는 장치들이 모두 작동하지 않았다.

'그 노인이 먼저 다녀갔던 걸까? 그렇다면 노인은 왜 잠든 인류를 깨우지 않은 걸까?'

그는 모든 걸 손에 쥐고 있었다. 보안을 해제하고, 수면 중인 사람들을 깨우고, 새로운 문명을 열 수 있었다. 선택할 수 있었음에도 그러지 않았다. 이유는 분명했다. 노인은 지배력을 잃는 것을 두려워했다.

방주는 노인의 것이 아니었다. 깨어나는 사람들은 그를 결코 왕처럼 떠받들지 않을 것이었다. 그래서 그는 인류를 배신했다. 방주에서 깨어날 인류 대신, 초원을 떠돌던 동족의 후손인 배드 피플을 노예로 삼았다. 새로운 지성체였던 켄티펀트, 아니 투리를 먹이로 삼았다. 그동안 얼마나 많은 배드 피플과 투리가 희생되었을지 짐작하기 어려웠다.

에리카는 주먹을 쥐었다. 인류는 부활해야 했다. 물론 무작정 진행할 생각은 없었다. 어딘가에 있을 배드 피플과 투리들도 지켜야 했다. 모든 건 점진적으로 진행되어야 했다. 에리카는 내부로 더 깊이 들어갔다. 통로가 이어졌다. 통로는 넓었지만 끝이 보이지 않았다. 근무하거나 살기 위해서 만들어진 곳이 아니라, 오직 잠들기 위해서 지어진 곳이라서 그 이상의 목적을 위한 공간은 거의 없는 듯했다. 가끔 목적을 알 수 없는 크고 작은 방이 나타났고, 모두 잠금이 해제되어 있어 조금 걱정이 들기도 했다. 그러는 사이 어느 순간부터 에리카의 걸음을 따라 복도에 조명이 켜졌다. 그저 보안이 풀렸을 뿐, 방주는 여전히 살아 있었다.

*

에리카는 마침내 통제실 앞에 도착했다. 방주 어디에도 안내 표시가 없었지만 내부로 들어오는 통로는 하나뿐이었고, 무엇보다 문에 'CONTROL ROOM'이라고 큼지막하게 적혀 있었다. 제대로 읽을 수 있는 문자. 깨어난 이후로 처음이었다. 자신이 살아온 세계의 언어. 그 사실만으로도 심장이 두근거렸다. 에리카가 문 가까이 다가가자 문은 스스로 옆으로 밀려나며 조용한 환영을 건넸다. 오랫동안 갇혀 있던 공기가 에리카를 감싸며 복도로 빠져나갔다. 숲과 초원, 그 어디에서도 느껴보지 못한 바람이었다. 익숙한 냄새, 어딘가 가벼운 듯한 감촉, 온도까지도 완벽하게 조절된 느낌. 에리카는 직감했다. 자신이 살았던 시간을 돌려 받는 느낌이었다.

에리카가 한 걸음 내디디자, 통제실 내부의 조명이 차례로 켜졌다. 천장과 벽 곳곳에서 부드럽게 빛이 퍼져 나왔다. 강렬한 빛이 아니라, 눈이 자연스럽게 적응할 수 있도록 조절된 조명이었다. 통제실 중앙에는 커다란 원형 테이블이 자리 잡고 있었다. 테이블 위에는 여러 개의 홀로그램 인터페이스가 떠 있는데, 마치 그녀가 오기를 기다렸다는 듯이 천천히 활성화 되었다.

'이제야 기억났어……'

에리카의 기억이 조금씩 되살아났다. 처음 깨어났을 때는 자신이 누구인지조차 확신하지 못했다. 단순한 생존자일 뿐이라고 생각했다. 하지만 여기, 통제실. 낯익은 시간 속에 도착한 순간, 기억의 조각들이 맞춰지며 거대한 그림이 그려졌다. 벽면을 따라 배치된 수많은 패널과 모니터들. 현재는 대부분 대기 상태였지만, 몇몇 화면에서는 지구의 환경 데이터를 계속해서 분석하고 있었다. 에리카는 무심코 패널 중 하나에 손을 올렸다. 손이 닿자마자 패널이 반응했다. 화면 위로 에리카의 생체 데이터를 읽어들이는 듯한 그래프가 쏟아져 나왔다. 그리고 메시지가 떠올랐다.

[깨우는 자 프로토콜 인터페이스를 불러옵니다. 잠시 기다려주세요.]

그 순간, 에리카의 머릿속이 환하게 밝아지는 것 같았다.

"깨우는 자?"

방주는 단순한 피난처가 아니었다. 인류의 요람이었다. 지구의 환경이 달라졌음을 감지하면, 깨우는 자들이 먼저 눈을 뜬다. 그들은 프로토콜을 따라 직접 환경을 조사하고 검증한다. 그리고 인류가 다시 걸어 나올 준비가 되었는지 확인한 뒤, 마침내 모두를 깨운다. 그게 에리카의 임무였다.

다만 너무 늦게 깨어났을 뿐이다.

에리카가 깨어났어야 할 정확한 시간은 언제였을까? 만약 적절한 시기에 깨어났다면, 두 번째 캡슐의 여인은 한나와 만날 수 있었을지도 모른다. 노인은 그저 또 다른 깨어난 인류 중 한 명이 되었을 것이다. 배드 피플과 켄티펀트도 그렇게 고통받지 않았을 것이다. 그들은 아예 존재하지도 않았을 테니까. 하지만 현실은 그렇지 않았다. 방주는 여전히 인류를 품고 있었다.

새로운 메시지가 나타났다.

[깨우는 자 프로토콜 인터페이스 로딩 완료. 시스템을 스캔하고 있습니다. 잠시 기다려주세요.]

에리카는 숨을 들이마셨다. 지금 해야 할 일은 하나였다. 이제 인류를 깨울 시간이다.

패널이 말했다.

"현재 수행 가능한 명령이 없습니다."

"뭐라고?"

패널은 에리카의 목소리를 인식하고 다시 대답했다.

"현재 수행 가능한 명령이 없습니다."

"그게 무슨 말이야? 각성. 깨우는 거. 메뉴를 불러와줘!"

"각성 프로토콜은 중복 실행할 수 없습니다."

"중복이라니, 그게 무슨……."

불안한 예감이 에리카의 머릿속을 스쳐지나갔다.

"지금 수면 중인 사람들의 통계를 보여줘."

"현재 방주 탑승 인원: 1명."

에리카의 몸이 떨려왔다. '나 혼자라고?' 에리카는 가까스로 자세를 유지하며 물었다.

"원래…… 몇 명이나 있었지?"

"이십오만 삼천삼백이십일 명입니다."

"다들 지금 어디 있는 거야?"

"탑승자들의 현재 위치에 대해서는 알 수 없습니다."

인공지능이 원래 이렇게 멍청했던가? 내구성 때문에 지능이 낮아진 건가? 불쾌한 답답함이 에리카의 가슴을 덮쳤다. 그때 문득 떠오른 게 있었다.

"G811이 뭐지?"

'G811 - 깨우는 자(ARK AWAKENERS). 환경 회복 검증 및 인류 재건 프로토콜 실행 담당. 총 인원: 20명.'

깨우는 자는 에리카 혼자가 아니었다.

"깨우는 자들의 현재 상태는?"

"01번. 수면 중 사망. 02번. 수면 중 사망. 03······."

"그냥 화면에 표시해줘."

- 01번: 수면 중 사망: 폐기
- 02번: 수면 중 사망: 폐기
- 03번: 10,332년 정상 사출
- 04번: 수면 중 사망: 폐기
- 05번: 수면 중 사망: 폐기
  ······

- 16번: 수면 중 사망: 폐기
- 17번: 26,429년 오류: 사출
- 18번: 27,501년 오류: 사출
- 19번: 27,543년 오류: 사출
- 20번: 오류: 미사출

G811-19는 에리카였다. 18번은 아마도 그 노인일 터였다. 그리고 캡슐 속의 여인은…… 17번. 에리카보다 1000년 먼저 깨어났다.

"수면 중 사망이 왜 이렇게 많지?"

"깨우는 자는 필요시에 수시로 깨어날 수 있도록 수면 심도가 낮게 설정되어 있습니다. 낮은 수면 심도는 장기간 지속 시 심각한 부작용 및 후유증이 발생할 수 있다고 알려져 있습니다. 저도 어쩔 수 없습니다."

"그래서 스무 명이나……."

패널은 대답하지 않았다. 문득 오류 사출이라는 말이 눈에 들어왔다.

ERROR: EJECTION.

왠지 익숙했다.

ERICA JACKSON. 에리카 잭슨.

깨지고 일그러진 화면 속 문자를 잘못 읽은 것이었다. 에리카는 지금까지 자신을 오류라고 부르고 있었다. 허무하고 씁쓸한 웃음이 소리 없이 흘러나왔다.

"세 번째 깨우는 자는 어떻게 되었지?"

"10335년에 각성 프로토콜을 실행했습니다."

"그때 모두 떠난 거야?"

"이십오만 삼천삼백이십일 명 중 이십삼만 사천이백십 명이 각성했고, 그 외 인원은 모두 수면 중 사망으로 폐기되었습니다. 이후의 정보는 남아 있지 않습니다."

에리카는 멍하니 패널의 문구를 바라보았다. 10335년. 세 번째 깨우는 자는 눈을 뜨고 3년 뒤에 결국 자신의 임무를 완수했다. 환경이 회복되었음을 확인하고, 남아 있던 인류를 깨웠다. 너무 늦었지만, 어쨌든 계획대로 진행되기는 했다.

'그렇다면 그다음은?'

에리카는 불길한 예감을 떨칠 수 없었다. 숲에서 본 왠지 낯설었던 폐허가 머릿속에서 떠올랐다. 방주를 향해 걸어오면서 스쳐 지나갔던 기묘한 도시. 알파벳을 쓰지만 어디서도 본 적 없었던 언어들. 에리카가 목격한 것들은 에리카의 기억 속 인류의 것이 아니었다. 기원후 10000년 시대의 신인류가 남긴 유적이었다. 10335년에 깨어난 2만 3천여 명의 사람들은 다시 건물을 짓고 도시를 만들었다. 문명을 만들었다. 그리고 다시 멸망했다.

녹아버린 도시의 건물들. 계단에 휘갈겨져 있던 '구원'이라는 글씨. 어두운 지하에 숨었지만 재앙을 피하지 못했던 사람들. 기원후 1만 년, 인류의 두 번째 멸망.

에리카는 멍한 시선으로 방주의 거대한 문을 뒤로하고 바깥으로 걸어 나왔다. 갑작스레 밀려오는 바깥의 바람이 몸을 감쌌다. 차갑지도 따뜻하지도 않은 무겁고 공허한 공기. 머릿속이 새하얗게 타버린 듯했다. 도대체 무엇을 위해 여기까지 온 걸까? 지금까지의 여정이 떠올랐다. 깨어난 이후부터, 숲과 초원을 헤매며 살아남기 위해 발버둥쳤던 시간이 스쳐 지나갔다. 두 번째 캡슐의 여인과 숲속의 켄티펀트들, 켄티와 켄토, 에바의 마지막 모습까지 눈앞에서 사라지지 않았다.

하지만 이제 모든 것이 그 목적을 상실했다.

방주에는 아무도 남아 있지 않았다. 인류는 이미 오래전에 깨어났고, 이미 오래전에 새로운 문명을 이루었다. 숲속의 폐허, 기묘한 도시의 잔해가 증명하듯이, 그들은 결국 실패했다. 에리카가 애써 붙잡고 있던 희망은 오래전에 사라졌고, 인류는 이미 두 번째 기회마저 잃어버렸다.

그렇다면 지금까지 자신이 해온 것은 무엇이었을까? 무엇을 위해 견뎠던 걸까? 무엇을 위해 끝없는 사투를 벌이며 희생을 감수하고 여기까지 왔단 말인가? 삶의 목표가, 희망이 모두 부정당한 기분이었다.

바람이 불었다. 흔적도 없이 사라진 인류의 목소리를 머금은 듯한 스산한 바람이었다.

*

에리카는 방주의 거대한 벽을 따라 무심한 발걸음을 옮겼다. 이제 아무 의미도 없는 건물. 인류가 남긴 최후의 유산. 하지만 그 유산을 물려받을 사람은 아무도 없었다. 아니, 물려받은 이들 역시 사라졌다. 몸을 감싸는 바람이 낯설게 느껴졌다. 마치 자신이 이곳에 있어서는 안 되는 존재처럼.

'결국, 혼자야……'

그러다 무심코 발길이 멈췄다. 한 건물에서 소리가 나고 있었다. 벽면에는 거대한 환풍구 같은 것이 뚫려 있고, 먼지와 오물이 뒤엉켜 마치 오랫동안 쓰레기를 쏟아내기라도 한 것처럼 보였다. 공장. 산업 시설. 기계로 만들어진 무언가. 에리카는 천천히 안으로 발을 들였다. 내부는 그리 크지 않았다. 분명, 무언가 돌아가고 있었다. 오래전 멈춰야 했을 기계들이 여전히 작동하고 있었다. 벽을 따라 배치된 금속관과 배선. 바닥을 가득 채운 검은 그을음. 그리고 그 중앙에서, 거대한 장치가 둔탁하게 진동하며 움직이고 있었다.

툭.

기계의 하단부에서 주머니 같은 것이 떨어졌다. 축축한 액체에 젖어 반쯤 투명하게 빛나는 주머니. 에리카는 반사적으로 한 걸음 물러섰다. 그러나 곧 그 안에서 무언가가 꿈틀거렸다. 작은 형체가 내부에서 움직였다. 그리고 이내 그 주머니가 안쪽에서 찢어졌다.

안에서 나온 건 작은 네발짐승이었다. 하나, 둘, 셋. 세 마리의 작은 생명체가 몸에 묻은 점액을 털어내고는 땅 위로 비틀거리며 발을 디뎠다. 아직 몸이 축축했고, 다리도 온전히 힘을 쓰지 못했지만, 이내 곧 자세를 잡고 서서히 움직였다. 에리카는 차마 숨을 쉬지 못했다.

투리. 새끼 켄티펀트.

그들은 방금 태어났다. 세상에 막 나온 신생 생명체. 그러나 아무도 보살펴주지 않았다. 그들은 본능적으로 서로를 향해 고개를 돌리며 낯선 환경을 탐색했다. 그러다 멀뚱멀뚱 에리카를 바라보았다. 그때였다. 날렵한 그림자가 공장 틈에서 튀어나왔다. 덩치가 크고 윤기 없는 털로 뒤덮인 짐승. 고양이를 닮았지만 고양이는 아닌 동물. 움직임은 날렵했고, 본능적으로 먹잇감을 찾아 움직이는 야수의 시선을 갖고 있었다. 에리카는 반사적으로 투리들에게 달려갔지만, 너무 늦었다. 짐승은 새끼 투리 중 하나를 한순간에 낚아채 입에 물고 그대로 사라졌다.

에리카가 소리쳤다.

"안 돼!"

소리친다고 달라지는 건 없었다. 두 마리만이 남았다. 그리고 그때, 새로운 존재들이 모습을 드러냈다. 좀 더 자란 투리 세 마리가 조용히 다가왔다. 켄티보다 더 어려 보였지만, 이곳에 익숙한 듯한 걸음걸이였다. 그들은 새끼 투리들에게 다가가더니, 마치 원래부터 그래야 했다는 듯이 그들을 둘러싸 보호하며 어디론가 향했다.

에리카는 그들의 귀를 보았다. 귀걸이. 방금 태어난 새끼 투리들의 귀에도 같은 귀걸이가 있었다. 관리를 위해 태어나기 전부터 심겨진 표식.

에리카는 공장 벽을 둘러봤다. 투리의 신체를 몇 등분으로 나눈 그림이 붙어 있었다. 그리고 각 부위와 이어진 선 끝에는 색은 바랬을지언정, 먹음직스럽게 촬영된 요리 사진이 있었다. 투리는, 켄티펀트는 진화와 자연선택의 결과물이 아니었다. 기원후 10000년 시대의 인류가 처음부터 식량으로 삼기 위해 만들어낸 인공 가축이었다. 두 번째 인류는 멸망했지만, 공장은 먹히기 위해 설계된 짐승을 계속해서 만들어내고 있었다. 10000년이 넘는 시간 동안.

에리카의 비열한 혓바닥에서 지우고 싶었던 고기 한 점의 맛을 떠올렸다. 완벽하게 설계된 맛. 에리카는 바닥을 짚고 구역질했다. 아무것도 나오지 않았다. 이미 에리카의 피와 뼈와 살이 된 이후였다. 이렇게 공장에서 쏟아지고 있음에도 투리가, 켄티펀트가 번성하지 못하고 있는 이유를 에리카는 알았다. 켄티와 함께 지내면서 알았다. 그들은 인간보다 훨씬 나은 존재였다. 그래서 생존할 수 없었다.

그리고 인간 에리카는 지금 여기에 살아서 비겁한 숨을 쉬고 있다.

하늘

 에리카는 투리 공장의 꼭대기 난간에 걸터앉았다. 바람이 머리카락을 휘날리며 황폐한 대지를 스쳐갔다. 발아래로 공장 내부가 보였다. 기계는 여전히 돌아가고 있었다. 하루 할당량을 모두 생산한 듯, 활력 없는 둔탁한 진동만이 울려 퍼졌다. 이곳은 누군가가 설계했을 것이다. 목적을 가지고 계획을 세워, 더 효율적으로, 더 완벽하게. 하지만 이제 아무도 남아 있지 않았다. 기계만이 묵묵히 일을 계속하고 있었다.
 서쪽 하늘에 이른 노을이 깔리기 시작했다. 태양이 기울면서 공장 지붕 위에 길게 그림자가 드리웠다. 희미한 붉은빛이 공장의 쇠붙이를 핥듯이 물들였다. 뜨겁지도 따뜻하지도 않은 색이었다. 차갑고 메마른 노을. 세상은 두 번이나 인류를 버렸지만, 그 사실을 개의치 않는 듯 노을은 여전히 아름다웠다.

끝없이 발전하고 더 나은 미래를 꿈꾸고 생명을 창조한 이들은, 결국은 무너지고 다시 사라졌다. 그리고 지구는 아무 일도 없었다는 듯 여전히 돌아갔다. 우주는 인간의 비극 따위에 관심이 없었다. 인류는 그 어떤 의미도 남기지 못했다. 이 거대한 공허 속에서, 인간의 생존은 아무 의미도 없었다. 가치도 없었다. 비겁하기까지 했다.

에리카는 손을 뻗어 공장 난간을 쥐었다. 쇠붙이는 차가웠고, 손가락 끝에서부터 냉기가 스며들었다. 이제는 내려갈 필요가 없었다. 남은 선택은 하나뿐이었다.

눈을 감았다. 땅이 얼마나 멀리 있는지, 떨어지면 얼마나 아플지, 잠깐 생각했지만 별 의미는 없었다. 어차피 곧 끝날 것이었다. 그동안 버텨온 이유가 사라졌다. 인류의 재건, 생존, 의미, 의무. 이제 남은 것은 없었다. 바람이 뒤에서 몸을 밀었다.

'끝내자.'

에리카는 다시 눈을 떴다. 마지막 순간에는 하늘을 보고 싶었기에 뒤로 돌아 노을을 등졌다. 동쪽 하늘, 어둠이 내려앉기 시작하는 창백한 대기 속에서 오리온자리가 떠올랐다. 아직 해가 완전히 지지 않았는데도 별이 보였다. 희미했지만 선명했다. 약 25000년 전과 크게 다르지 않은 모습. 처음엔 달라진 모습에 실망했지만, 이젠 그런 변화가 오히려 위안으로 다가왔다. 별과 함께 시간을 보냈다는 느낌이 들었다.

*

그 순간, 하늘이 부자연스럽게 어두워졌다. 에리카는 깜짝 놀라 천천히 뒤를 돌아보았다. 태양이 사라지고 있었다. 태양의 한쪽 가장자리만 가느다랗게 남아 있었다. 그리고 완전히 사라졌다. 에리카는 숨을 삼켰다. 개기일식이었다. 섬뜩할 만큼 조용한 어둠이 공장 위로 내려앉았다. 아직 해 질 시간이 아니었음에도 세상은 밤이 되었다. 마치 어떤 거대한 존재가 하늘에서 손을 뻗어 태양을 움켜쥔 듯했다.

몸이 떨렸다. 이건 자연현상이었다. 태양과 달과 지구가 정렬하는 일은 당연한 일이었다. 지금 이 순간에, 이곳에서. 마치 무언가가 그녀를 위해 맞춰놓은 무대처럼, 일식이 찾아왔다.

그리고 그 순간 다시 한번, 하늘이 강렬한 빛에 휩싸였다. 이번엔 태양이 아니었다. 동쪽 하늘. 오리온자리의 한쪽 어깨, 붉고 크고 노쇠한 별 베텔게우스가 있던 곳. 지금 베텔게우스는 마치 작은 태양처럼 하늘을 가득 메운 채 빛을 뿜어내고 있었다. 믿을 수 없는 강렬한 빛이 에리카 뒤로 길이를 알 수 없는 그림자를 그렸다.

베텔게우스가 폭발하고 있었다. 21세기의 천문학자들이 그렇게도 보고 싶어 했던 순간. 베텔게우스가 초신성이 되는 순간이었다. 에리카는 숨을 쉴 수 없었다. 서쪽 하늘에서는 태양이 완전히 자취를 감추고 있었다. 달 뒤로 숨어버린 태양은 자신의 빛을 되찾기도 전에 지평선 너머로 빠르게 가라앉았다. 동쪽 하늘은 정반대였다. 오리온의 어깨에서 베텔가우스가 길었던 삶의 찬란한 종지부를 찍고 있었다. 거대한 별이 마지막 숨을 내쉬며 그동안 머금고 있던 세상의 모든 빛을 내뱉고 있었다.

황홀감이 밀려오며 가슴이 떨렸다. 여전히 숨을 쉴 수 없었다. 여태껏 가슴을 짓누르던 모든 무게가 순식간에 사라졌다. 인류의 존재가 처량하고 덧없다는 사실은 이제 아무래도 좋았다. 지구에 남은 단 한 명의 인간으로서, 이 우주적이고 초월적인 기적을 목격하고 있다는 것이야말로 중요했다. 우주에서, 태양계에서, 지구에서, 오직 지금 이곳에서 가능한 순간. 어쩌면 모든 것은 이 순간을 위해 존재했던 게 아닐까? 에리카는 자신이 살아남은 것도, 방주가 텅 빈 것도, 인류가 두 번이나 멸망한 것도 모두 단 하나의 목적을 위해 시계 톱니바퀴처럼 흘러간 것처럼 느껴졌다. 바로 지금, 이 광경을 오직 에리카 자신이 보기 위해.

이 순간의 가치를 지성체로서 깨달을 수 있다는 사실에 에리카는 온몸에 소름이 돋았다. 에리카는 더 이상 호모사피엔스가 아니었다. 마지막 개체에게 '종'이라는 개념은 아무런 의미도 없었다. 에리카는 이 기적 같은 찰나와 이어진, 순수한 지성체일 뿐이었다. 한 시대의 마지막 사피엔스였다.

우주가 다시 한번 말했다.

"살아라."

에리카는 이번에는 묻지 않았다. 그저 가만히 들었다.

"살아라."

에리카는 밤의 빛과 낮의 어둠으로 갈라진 두 하늘을 향해 두 손을 내밀었다. 두 세상을 이었다. 우주가 마련해준 무대였다. 유일한 관객은.

투리. 공장 아래에서 투리 여러 마리가 에리카를 올려다보고 있었다. 에리카는 깨달았다. 이젠 저들이 관객이자 주인공이다. 저들이 새로운 사피엔스다. 에리카도 이젠 저들을 위한 무대의 일부이며 우주의 일부다.

그때 켄티의 목소리가 들렸다. 환청일 것이라고 짐작하면서도, 에리카는 무시하지 않았다. 멀리서 들리는 반가운 목소리에 귀를 기울이며, 그저 들었다.

"퀴마 님 뷸로."

저 인간을 보라.

환청이 아니었다. 저 아래에 있는 투리들이 웅성거리는 소리였다. 그들이 에리카를 가리키며 저 인간을 보라고 말하고 있었다. 에리카는 스스로 기적이 되기로 했다. 투리들을 위한 기적이 되기로 했다.

퀴마 늼 뷸로

2000년 후.

따뜻한 주황빛이 평온한 평원을 감쌌다. 태양은 하늘을 깊은 붉은색으로 물들이며 저 멀리 지평선 너머로 가라앉고 있었다. 부드러운 바람이 들판을 스쳐 지나갔다. 커다란 바위 위에 두 투리가 앉아 있었다. 나이 든 투리는 조용한 눈빛으로 노을을 바라보고 있고, 어린 투리는 눈을 반짝이며 옆에 앉아 있었다. 어린 투리는 얇은 책을 무릎 위에 올린 채 천천히 책장을 넘기며 물었다.

"뷸로 에리카는 어떻게 되었나요?"

나이 든 투리는 온화한 목소리로 대답했다.

"뷸로 에리카는 숲과 초원, 그리고 고대문명의 폐허를 돌아다니며 흩어진 우리를 모았단다. 그들에게 말해주었지. 우리가 함께 살아갈 수 있다고. 우리가 더 이상 두려움 속에 숨지 않아도 된다고."

어린 투리는 눈을 깜빡이며 나이 든 투리를 바라보았다. 나이든 투리는 말을 이어갔다.

"뷸로 에리카는 우리에게 기술과 문화를 전수해주었단다. 우리가 스스로 살아남을 수 있도록 도와줬어. 바람을 피할 곳을 만들고, 물을 모으는 법을 가르쳤지. 더 이상 도망치기만 하지 않아도 되도록 우리를 강하게 만들어주었단다."

어린 투리는 나지막이 중얼거렸다.

"어제 그 유적에 가봤어요."

나이 든 투리는 쓸쓸한 미소를 지었다.

"뷸로 에리카가 마지막 계시를 받은 곳이지. 한때 우리가 부모 없이 태어나던 곳이기도 하고. 거기서 뷸로 에리카는 우리가 스스로 태어날 수 있다는 걸 알려주며 그곳을 영원히 멈춰버렸단다."

어린 투리는 조용히 생각에 잠겼다.

"그럼 지금 우리가 이렇게 사는 것이 모두 뷸로 에리카 덕분인가요?"

나이 든 투리는 노을 속에 시선을 둔 채 미소를 지었다.

"뷸로 에리카는 그렇게 말하지 않았을 거야. 하지만 우리가 지금처럼 살아갈 수 있는 건 뷸로 에리카가 있었기 때문인 것은 확실하단다."

"그럼…… 뷸로 에리카는 우리와 계속 살았나요?"

나이든 투리는 잠시 말을 멈췄다. 느린 바람이 두 차례 지나간 뒤에, 부드럽게 대답했다.

"우리가 우리의 문화를 스스로 만들어가기 시작했을 무렵, 뷸로 에리카는 어디론가 떠났어. 그리고는 다시는 돌아오지 않았지."

*

저녁 하늘이 더욱 짙어졌다. 맹렬히 타오르던 노을은 서서히 색을 잃고 밤의 어둠 속으로 스며들고 있었다. 어린 투리는 책장을 넘기던 손을 멈췄다. 부드러운 바람이 지나가며 책의 얇은 종이를 간지럽혔다.

어린 투리는 조용히 물었다.

"혼자서 떠났나요?"

밤이 깊어지며 어린 투리의 목소리도 한층 더 조심스러워졌다. 나이 든 투리는 고개를 천천히 저었다.

"아니란다."

마치 먼 옛날을 직접 보고 온 것처럼, 오랜 세월을 품은 듯한 목소리였다.

"뷸로 에리카가 떠나기 전, 새로운 뷸로가 나타났단다."

어린 투리는 귀를 쫑긋 세우며 나이 든 투리를 바라보았다.

"그 뷸로는 어디서 온 거예요?"

나이든 투리는 미소를 지었다.

"뷸로 에리카는 그 뷸로가 20번에서 나왔다고 했어."

잠시 침묵이 흘렀다. 하늘에는 별빛이 하나둘 나타나기 시작했다.

"하지만 많은 투리들이 에리카가 자기 몸의 일부를 뜯어내서 그 뷸로를 만들었다고 믿고 있지."

어린 투리는 눈을 동그랗게 떴다.

"그게 가능해요?"

나이 든 투리는 대답하지 않았다. 다만 하늘을 바라보았다. 그리고 천천히 입을 열었다.

"뷸로 에리카는 그 뷸로를 에이다라고 불렀다더구나."

"에이다."

어린 투리는 나직이 따라 말했다. 나이 든 투리는 다시 말을 이었다.

"그리고 그 둘은 스스로를 '엠'이라고 묶어서 부르기도 했어. 뷸로 에리카 엠, 뷸로 에이다 엠. 둘은 함께 떠났지."

"어디로요?"

나이 든 투리는 어둠이 내린 초원을 가만히 바라보았다.

"그건 아무도 모른단다."

두 투리는 조용히 바람 소리를 들었다.

"그 이후 2000년이 지났어. 수많은 투리들이 그들을 찾아 세상을 누볐지만, 어디에서도 두 뷸로의 흔적은 발견되지 않았어."

"어떤 투리는 뷸로 에리카가 하늘의 눈에서 왔다고 했다면서요. 거기로 돌아간 걸까요?"

나이든 투리는 소리 없이 가볍게 웃으며 어린 투리의 머리를 쓰다듬었다.

"그럴지도 모르지. 그럴지도 몰라."

"…… 다시 돌아올까요?"

어린 투리의 물음에 나이 든 투리는 고개를 들어 어두워진 하늘을 봤다. 반짝이는 별들 사이에서 작지만 밝고 선명한 성운 하나가 영롱하게 빛났다. 2000년 전에 죽은 별이 남긴 새로운 눈동자. 하늘 높이 바람이 불자 눈동자가 일렁이며 눈빛을 보냈다.

"언젠가는. 하지만 지금도 우리를 지켜보고 있을 거야."

어린 투리는 책을 조심스럽게 덮었다. 아직 얇지만, 그들이 지켜오며 조금씩 보충해온 경전. 표지에는 제목이 오래된 글씨로 새겨져 있었다.

퀴마 님 뷸로.

작가의 말

이런 꿈을 꾼 적이 있습니다.

정신을 차려 보니, 뒤집어진 차 안에 있습니다. 차에서 빠져나와 주변을 둘러봅니다. 지평선 너머까지 수풀이 무성했고, 뼈대만 남은 차들이 이곳저곳에 굴러다니고 있습니다. 주변에 건물 벽 같은 것도 몇 군데 남아 있지만, 모두 낡아서 만지기만 해도 부서질 것 같습니다.

다시 차 안으로 돌아와 이곳저곳을 살펴보니, 스마트폰이 하나 있습니다. 화면을 켜자, 정확하게는 기억이 나지 않지만, 120000년이 지났다는 걸 알 수 있습니다. 스마트폰으로 그걸 어떻게 아느냐, 그때까지 스마트폰이 켜지겠느냐, 라는 말은 중요하지 않습니다. 꿈이니까요. 스마트폰은 빨간색 아이폰 XR입니다. 이제 초등학교 저학년인 제 딸이 비상용으로 들고 다니는 기종이지요. 하지만 잠금을 해제할 수는 없습니다. 비밀번호를 모르니까요. 물론 현실에서는 알고 있지만, 꿈에서는 모릅니다. 볼 수 있는 거라고는 잠금화면뿐이고, 거기에는 아이의 셀카 사진이 있습니다.

아이의 모습이 눈앞에 있습니다. 하지만 꿈속에서, 그 아이는 어디에도 없습니다. 아이의 삶은 120000년 전에 지나간 찰나의 순간일 뿐입니다. 아이가 100년을 살았든 150년을 살았든, 그 모든 걸 티끌로 만들어버릴 만큼의 시간이 지나버렸습니다.

아이의 모습은 120000 광년 떨어진 행성보다 더 멀게 느껴집니다. 실제로도 그렇습니다. 120000 광년 떨어진 행성의 빛 역시 과거의 모습이지만, 적어도 시간 자체는 함께 흐르고 있으니까요. 하지만 잠금화면 속 아이의 모습은 그렇지 않습니다. 아이의 시간은 이미 지나가버린 시간이고 끝나버린 시간입니다. 함께 흐르고 있지 않습니다. 그리고 그 위로 억겁의 시간이 두꺼운 지층처럼 쌓였습니다.

120000년을 거슬러, 아이의 삶을 상상해 봅니다. 어떤 청소

년이 되었을지, 어떤 어른이 되었을지, 무엇을 배우고 경험하며 누구를 만났을지, 어떤 행복을 느끼고, 무엇에 눈물을 흘리며 후회했을지, 그리고 누구를 남기고 누구를 떠올리며 삶을 마무리했을지……. 무엇을 얼마나 상상하든, 그 모든 것이 지금은 깊은 시간의 지층 속 한 톨의 먼지에 불과하다는 사실이 고통스럽게 느껴집니다.

그리고 잠에서 깨어났습니다. 우주 활극을 그리던 처음 시놉시스를 뒤집고 새로운 시놉시스를 썼습니다. 이후로도 꿈의 내용을 되짚어 보며 이야기를 다듬었습니다. 마침 읽고 있던 도미닉 페트먼과 유진 새커의 멜런콜리 에세이집 『Sad Planets』 중 「Ecce Cosmos」에서 언급되는 끔찍하고 경이로운 우주적 깨달음의 순간에서도 중요한 영감을 얻었습니다. 『라스트 사피엔스』는 그렇게 만들어진 이야기입니다.

우리는 종종 하늘 위 우주의 드넓은 공간을 떠올리며, 우리 존재가 얼마나 덧없는지 이야기합니다. 하지만 굳이 지구를 벗어나지 않아도, 그저 지구를 스쳐 지나가는 시간만으로도 우리는 그리 대단할 게 없어 보입니다. 오지만디아스와 퍼시 비시 셸리 사이에 놓인 시간조차, 지구의 자전축이 한 번 까딱

이는 시간에 비하면 너무나 짧습니다. 하지만 그렇기에 이 짧은 순간이야말로 기적일 수 있습니다. 영겁의 시간 속 찰나의 순간 위에서 우리가 바라보는 이 세상은 다시 반복되지 않을 유일한 시간이니까요. 굳이 지평선에서 달이 태양을 가리지 않아도, 늙은 별이 찬란하게 죽지 않아도 됩니다. 우주는 언제나 무심했고, 그 무심함은 모든 순간을 평등하게 만드니까요.

에리카는 마지막 인간이었지만 마지막 존재는 아니었습니다. 우리의 기적 같은 순간은 지나가고, 이제 다음 기적이 찾아와 짧은 찰나를 새롭게 빛낼 차례일 뿐입니다.

먼저 연락해 출간을 제안해주신 자음과모음의 음수현 부장님, 원고를 꼼꼼히 검토하고 다듬어주신 김명선 편집자님께 감사드립니다. 그리고 함께 시간의 지층을 쌓아가는 가족에게도 모든 것에 대한 감사를 보냅니다. 120000년 전에 사진 한 장을 남겨준 꿈속의 아이, 그리고 언젠가 이 이야기를 읽을지도 모르는 현실의 아이에게 이 책을 바칩니다.

2025년 4월
해도연

라스트 사피엔스

ⓒ 해도연, 2025

초판 1쇄 인쇄일 2025년 4월 18일
초판 1쇄 발행일 2025년 4월 25일

지은이	해도연
펴낸이	정은영
편집	음수현 정사라 김명선 김지수
디자인	이선희
마케팅	최금순 이언영 연병선 송의정
제작	홍동근

펴낸곳	네오북스
출판등록	2013년 4월 19일 제2013-000123호
주소	04047 서울시 마포구 양화로6길 49
전화	편집부 (02)324-2347, 경영지원부 (02)325-6047
팩스	편집부 (02)324-2348, 경영지원부 (02)2648-1311
이메일	neofiction@jamobook.com

ISBN 979-11-5740-459-9 (03810)

이 책의 판권은 지은이와 네오북스에 있습니다.
이 책 내용의 전부 또는 일부를 사용하려면 반드시 양측의 서면 동의를 받아야 합니다.